미셸 누드슨 글, 케빈 호크스 그림,
홍연미 옮김, 『도서관에 간 사자』, 웅진주니어.

그림책은
힘이 세다

Picture books are powerful

Written by Park mee sook.
Published by BOOK OF LEGEND Publishing Co., 2023.

그림책은 힘이 세다

박미숙 지음

도서관에서 발견한 47가지 그림책 질문

책이라는 신화
BOOK OF LEGEND

목차

2. 아이를 키우는 도서관

3. 그림책이 나에게 던지는 질문

4. 이웃에게 건네는 따뜻한 시선

5. 그림책, 세상에 질문을 던지다

모두에게 도서관과 그림책이 필요합니다

처음부터 그림책과 도서관을 좋아한 건 아니었습니다. 어렸을 때 도서관은 '공부하러 가는 곳' '조용한 곳'이라는 이미지가 강했고, '그림책' 역시 아가들 책이라고 생각했습니다. 도서관은 싫어도 책은 좋아해서 이런저런 책을 많이 읽었습니다. 어쩌다 어린이책 공부를 하면서 심취했던 건 다름 아닌 '이야기'였습니다.

'이야기'는 인간의 삶을 유지하는 힘이 되기도 하고, 어떤 때는 그 삶에서 한발 떨어진 도피처가 되기도 했습니다. 누구나 자기 이야기가 있고, 그 이야기가 활자가 되면 책이 된다는 사실이 너무도 매력적으로 다가왔지요.

그러던 어느 날, 우연히 펴 든 그림책 한 권에 마음을 뺏기고 말았습니다. 두근거렸습니다. 그림책이 내 마음을 읽고 있는 것 같았습니다. 나와 눈을 마주치고 있는 것 같은 착각에 빠지기도 했습니다. 고개를 끄덕여주고 같이 웃고 울어주기도 했습니다. 그러면서 알게 되었습니다. 그림책은 아가들이나 어린이들만의 것이 아니라는 걸. '누구나' 볼 수 있는 책, '누구나'의 이야기가 글과 그림으로 만나 읽는 사람에게 말을 걸어오는 책이었습니다.

그림책을 만나러 가는 길은 늘 즐거웠습니다. 후루룩 넘기기도 하고, 어느 장면에는 오래 머무르기도 했습니다. 그림책이 가진 또 다른 즐거움은 '읽어주기'에 있었습니다. 사람과 사람이 만나는 시간이기도 했습니다. 어쩌다 그림책 끄트머리를 잡고 한 장을 넘기면 '와' 하고 터져나오는 탄성은 각자 내쉬는 호흡이 하나로 모아지는 순간이기도 했습니다. '누구나' 볼 수 있는 책이어서 가능한 일이었지요.

도서관, 누구도 그림책에서 소외되지 않을 권리

도서관은 그런 그림책이 가득한 꿈의 공간이었습니다. 도서관 문을 열고 들어가면 늘 그림책 코너에 머물렀습니다. 예전에는 그림책을 많이 소장한 공공도서관이 드물었기 때문에 주로 작은 도서관을 찾았습니다. 그러다 문득 이런 생각이 들었습니다.

'우리 동네 아이들은 어디서 그림책을 읽을까?'

제가 주로 머무는 지역은 경기도 고양시 일산신도시였습니다. 시립도서관도 있었고 뜻있는 사람들이 운영하는 민간 작은 도서관도 여럿 있었지요. 하지만 신도시가 아닌 동네에 사는 아이들은 도서관은커녕 서점도 만나기 어려웠습니다. 조사를 해봤습니다. 당시는 무상급식을 하던 때가 아니었기 때문에 급식비 지원을 받는 어린이가 가장 많이 사는 지역을 찾아봤습니다. '책으로는 차별받지 않아야 한다'는 생각으로 시작한 것이 책놀이터 작은도서관이었습니다.

당장 재원이 없으니, 버는 돈의 일부를 떼어 책을 사 모으기 시작했습니다. 그렇게 2년 반 정도 책을 모아 공간을 하나 마련했습니다. '좋은 책을' '누구나' '신나게' 읽을 수 있어야 하고, 시작은 제가 했지만, 동네사람들과 함께 만들어가겠다는 '다 함께'의 취지도 담았습니다.

오랫동안 아이들을 만나는 일을 했고, 또 그림책과 동화책 공부를 해왔기 때문에 자신 있었지만, 도서관 하나를 움직여가는 일은 생각보다 만만치 않았습니다. '무엇을 하는 곳이냐?'는 질문이 쏟아졌습니다. '다른 목적이 있는 건 아니냐?'는 오해도 많았습니다.

하지만 뒹굴뒹굴 책 속에 빠져 있는 아이들을 보고 있으면 다른 생각이 나지 않았습니다. 돈이 많건 적건, 공부를 잘하건 못하건, 엄마와 함께 살건 할머니 할아버지와 살건, 그 어떤 잣대도 필요 없는 곳. 처음에는 어린이들이 주로 이용하던 곳이 점점 동네 사람들이 모여 책을 읽고 이야기 나누는 '장소'가 되어갔습니다. 장판이 낡으면 동네 사람들이 저금통에 돈을 모아 오기도 하고, 밀린 도시가스비를 내기 위해 바자회도 열었습니다. 책놀이터 작은도서관에서 자란 아이들은 청소년이 되면서 도서관

아이들에게 책을 읽어주었습니다. 어른들은 동네 선생님이 되었습니다. 각자 잘하는 걸 사람들에게 가르치고 배우기도 했지요. 누구랄 것 없이 모두의 도서관이었습니다.

도서관과 그림책은 '누구나' 갈 수 있고 볼 수 있다는 점에서 무척 닮았습니다. 세상에는 생각보다 많은 선이 그어져 있습니다. 나이로, 성별로, 태어난 곳으로, 사는 곳으로 나뉘어 있기도 하고, 키가 작고 큰 것으로, 돈의 많고 적음으로, 공부를 잘하고 못하는 것으로 나뉘어 있지요. 그러나 도서관은 누구에게나 문이 열려 있습니다. 그곳에서는 모두가 '이용자'라고 불리는 같은 사람이 되지요. 그림책도 마찬가지입니다. 누구나 즐길 수 있고 누구에게나 읽어줄 수 있지요. 글을 알지 못해도 볼 수 있고, 각자 좋아하는 장면이 달라도 괜찮고, 누구나 느끼는 감정이 달라도 좋습니다.

책놀이터 작은도서관을 15년 정도 운영하고 지금은 고양시립 일산도서관으로 제 자리를 옮겼습니다. 책도 훨씬 많고 공간도 훨씬 넓은 곳에서 일하고 있지요. 그사이 도서관에 대한 그림책을 펴내기도 하고 지역 신문에 그림책 칼럼을 쓰는 일도 하고 있고요. 그래서 더 좋냐고 물으면 뭐라 대답할 수는 없어요. 가끔 할 일이 많아 머리가 '띵' 할 때는 사무실 문을 열고 나가 그림책 서가 사이를 지나다니며 한 권 꺼내 읽는 것으로 마음을 달래는 일이 많다고만 해두쇼.

하지만 한 가지는 분명해요. 도서관과 그림책 속에서 살아온 저는 예전과 많이 달라져 있어요. 우선 마음이 단단해져 있어요. 어떤 때는 위로를 주기도 하고, 어떤 때는 삶의 깨달음을 주었던 그림책 덕분이에요. 그리고 삶을 즐겁게 하는 지혜도 얻었어요. 혼자 책만 들여다봤다면 생각하지 못했을 많은 것들을 도서관에서 만난 사람들 속에서 깨닫게 된 거죠.

그림책은 힘이 세다

이 책은 그림책으로 들여다본 작은도서관과 일산도서관 그리고 세상에서 만난 삶들의 이야기입니다. 어쩌면 어리버리하게 청춘을 살다 우연히 만난 그림책 덕분에 다른 삶을 사는 도서관장의 이야기이기도 합니다. 그림책은 힘이 세다는 걸 확인하는 과정이기도 했지요.

꼭 순서대로 읽을 필요는 없습니다. 가장 중요한 꼭지를 먼저 펼쳐보는 것도 이 책을 재미나게 읽는 좋은 방법입니다.

물론, 그림책을 읽지 않아도 살아갈 수는 있습니다. 하지만 세상 모든 사람들에게 그림책이 필요합니다. 서로 관계를 연결하는 그림책, 울고 웃으며 나를 돌아보게 하는 그림책, 세상에 하고 싶은 말이 생기게 하는 그림책을 통해 어제와 조금 다른 나를 발견하게 될 테니까요.

2023년 추워지기 시작할 때, 박미숙.

○

'도서관' 하면 어떤 모습이 떠오르나요?

딱딱하고 각진 책상. 발뒤꿈치를 들고 걸어야 할 것 같은 조용함. 잘 분류된 책을 골라 대출하거나 반납하려는 사람들.

혹시, 이런 도서관은 어떨까요? 아이들이 뒹굴뒹굴 누워 까르르 웃으며 책을 읽고, 도서관 옥상에서 동네 사람들이 모여 텃밭도 가꾸는 도서관, 시민들이 자기가 정한 주제로 토론을 하고, 누워서 음악을 듣는 도서관.

'시민'과 더불어 등장한 공공도서관에서 우리는 어떤 꿈을 꿀 수 있을까요? 마음껏 상상해보세요. 그리고 그 상상을 현실로 만들어보자고요.

우리 동네 도서관에서.

○

1

도서관을
좋아하세요?

~~~~~

나쁜 도서관은 장서만 수집하고,

좋은 도서관은 많은 서비스를 제공하고,

훌륭한 도서관은 커뮤니티를 형성한다.

- 데이비드 랭크스

연이와 순이는 함께 책을 더 많은 이야기를 지어냈습니다

지현경 지음,『책 冊』, 책고래.

누구나 필요한 도서관
『도서관에 간 사자』

어느 날, 도서관에 사자가 왔어요. 사자는 곧바로 대출 창구를 지나 자료실로 들어갔어요.

'도서관에 사자가 왔다고?'
잠깐 생각해봅니다. 진짜 우리 도서관에 사자가 나타나면 어떻게 해야 할까요? 일단 소리를 지르겠지요? 그리고 어떻게 해야 할지 몰라 버둥거릴 거예요. 119에 신고를 하고 사람들을 대피시켜야겠지만, 사실 도서관 운영 매뉴얼에 그런 내용은 없거든요. 소방이나 재난 관련 안전 관리 수칙이나 재해가 일어났을 때 이렇게 해야 한다, 저렇게 해야 한다는 매뉴얼은 줄줄 외우고 있지만요.
생각해보면 실제로 사자가 우리 도서관에 올 일은 없을 거 같

미셸 누드슨 글, 케빈 호크스 그림,
홍연미 옮김, 웅진주니어

아요. 하지만 이런 사람들이 올 수는 있지요. '도서관을 처음 오는 덩치가 큰 어른' 또는 '도서관에서는 소리를 지르거나 큰 소리로 말하는 건 안 된다는 걸 모르는 유아' 또는 '도서관에서 책 읽는 거 말고 다른 걸 하고 싶은 청소년'.

도서관은 '누구나' 올 수 있는 곳이니까요.

사실, 세상 모든 도서관이 처음부터 누구나 들어올 수 있던 건 아니에요. 도서관이 언제부터 있었는지 아는 사람은 아무도 없어요. 아주 오래전, 그러니까 '종이'가 없던 시절부터 이집트에 있었다고 전해지는 '알렉산드리아 도서관'이 가장 오래되지 않았을까 얘기하고 있을 뿐이에요. 그러나 알렉산드리아 도서관이 생기고 훨씬 오랜 시간이 흘렀을 때까지 도서관은 '누구나' 이용할 수 있는 곳은 아니었어요.

19

처음에는 왕과 귀족들만 이용할 수 있었고, 그다음에는 수도사 같은 종교인들까지만 이용할 수 있었어요. 왜 그랬을까요? 도서관은 수많은 정보가 모이는 곳이거든요. '책'이라는 물건에 담긴 정보들도 있지만, 그림이나 각종 문서들을 보관했던 곳이기도 해요. 그런데 그런 정보는 왕이나 귀족 또는 종교인 같은 일부 지배계층만 가지고 싶었던 거예요. 기원전 3세기 중반에 로마 도서관은 그리스와 아시아에서 벌어진 전쟁을 통해 자료를 확충하기도 했어요. 그 나라 도서관을 점령해서 자료를 약탈하는 것이 전쟁의 중요한 이유가 되기도 했어요. 이렇게 빼앗은 자료들은 역시 왕이나 귀족을 위해 사용되었지요. 지배계급을 위한 도서관이었으니까요.

움베르토 에코가 쓴 『장미의 이름』이라는 책에는 수도원에 있는 도서관 이야기가 나와요. 봉건제 사회에서 근대사회로 넘어가는 14세기쯤을 배경으로 하고 있지요. 이 책에도 아무나 들어갈 수 없는 도서관 이야기가 담겨 있어요. '수도사들의 도서관'에서 벌어지는 사건이죠. 도서관을 배경으로 하고 있지만, 아주 재미난 추리소설이니 꼭 읽어보시길 바라요.

아무튼 이렇게 도서관은 역사적으로 굉장히 폐쇄적인 곳이었어요. 그럼, '누구나' 들어가는 도서관은 언제 시작되었을까요? '누구나' 들어가는 도서관은 '공공도서관'이라 불러요. 이런 공공도서관은 생각보다 역사가 길지 않아요. 1848년 미국 보스턴에 있는 '보스턴 공공도서관'이 세계 최초의 공공도서관이라고 해요. '누구나' 들어갈 수 있는 도서관이 처음으로 생긴 거지요. 보스턴 공공도서관은 어린이들도 들어갈 수 있었어요. 폐쇄적인 도서관 역사를 생각하면 어마어마한 일이 벌어진 거지요.

공공도서관이 시작된 연도를 살펴보면 '아하, 그때쯤이구나' 하실 분들이 있을 거예요. 유럽을 비롯한 세계 여러 곳에서 '시민'이 탄생한 시기와 같거든요. 그래요. '공공도서관'은 '시민' 계급과 함께 시작되었어요.

누구나 내가 원하는 정보를 얻을 수 있다는 것은 굉장한 일이었어요. 다양한 지식을 얻을 수도 있고, 문화나 예술을 만끽할 수 있다는 의미이기도 해요. 인간이 태어나서 죽을 때까지 알고 싶고 배우고 싶고 감동받고 싶은 자료들이 가득한 곳. 그게 바로 도서관인 거죠.

그림책『도서관에 간 사자』(미셸 누드슨 글, 케빈 호크스 그림, 홍연미 옮김, 웅진주니어)는 어느 날 도서관에 등장한 사자 덕분에 도서관이 달라지는 모습을 그리고 있어요. 도서관은 '사자'에 대한 규칙이 없었으니 사자가 잠을 자고 새로 들어온 책에 머리를 비벼도 아무도 뭐라 하지 않았지요.

하지만 이야기 시간이 끝나고 이제 가야 할 시간이 되었을 때 사자는 '으르렁'거리며 울기 시작해요. 관장님은 조용히 하지 않으면 도서관에 있을 수 없다고 하지요. 아이들은 관장님에게 '조

21

용히 하겠다고 약속하면 사자가 다시 와도 되냐?' 묻고 관장님은 그러면 괜찮다 하지요. 그다음 날 사자는 다시 와요. 관장님을 돕기도 하지요. 키가 작은 아이들을 등에 태워 맨 위 칸의 책을 뽑을 수 있도록 도와주기도 하고요.

모두가 사자를 좋아하게 되었을 때 사건이 생겨요. 이 사건으로 사자는 도서관에 오지 않게 되지요. 과연, 결말은 어떻게 될까요? 이 뒷이야기는 책에서 확인하시길 바라요.

도서관은 누구나 올 수 있어요. 심지어 '사자'까지도요. 하지만, 꼭 기억해야 해요. 도서관이 이렇게 되기까지 생각보다 많은 사람들의 싸움과 희생이 뒤따랐다는 걸요. 프랑스혁명으로 많은 사람들이 죽었고, 그렇게 탄생한 '시민'들과 함께 '누구나' 들어갈 수 있는 공공도서관이 세워지게 된 거니까요.

'누구나'에게 열려 있는 공간, '누구나' 자기가 원하는 자료를 볼 수 있는 공간. 이런 도서관이 많아진다는 건 세상이 더 평등해진다는 뜻이기도 해요. 사람이 많이 사는 도시뿐만 아니라 농촌이나 어촌, 산촌에도 필요하고 돈이 많은 사람들뿐 아니라 가난한 사람들에게도 필요한 곳이지요. 장애가 있거나 몸이 불편한 사람들에게도, 어리거나 나이가 많은 사람들에게도. 도서관은 누구에게나 필요한 곳이에요.

"도서관은 누구나 들어갈 수 있는 곳이에요. 누구에게나 필요한 곳이 도서관이기도 하고요. 얼른 한번 가보세요."

지금 주변을 한번 둘러보세요. 도서관이 궁금한 사자가 보일지 모르니까요. 혹시 말을 붙일 수 있다면, 이렇게 말해주시면 좋을 듯요.

작아서 될 수 있는 것
『완두』

큰 집에 살면 좋겠습니다. 차도 좀 컸으면 좋겠어요. 냉장고도 좀 컸으면 좋겠고, 텔레비전도 컸으면 하네요. 크다는 건 참 좋은 거 같아요.

혹시, 작아서 좋은 건 없을까요? 딱 떠오르는 게 없나요?

그럼 제가 하나 추천해 드리죠.

그림책 『완두』(다비드 칼리 글, 세바스티앙 무랭 그림, 이주영 옮김, 진선아이)에 나오는 '완두'는 태어날 때부터 아주 작았어요.

그렇지만 즐거운 어린 시절을 보냈지요. 수영도 하고 레슬링도 하면서요.

가끔 누워서 우주에 대한 상상을 하기도 했지요. 그랬던 완두는 학교에 들어가면서 자기가 얼마나 작은지 깨닫게 되어요. 수

다비드 칼리 글, 세바스티앙 무랭 그림,
이주영 옮김, 진선아이

업을 받는 것도 친구들과 지내는 것도 어려웠지요. 선생님은 생각하지요.

'가엾은 완두, 이렇게 작으니 나중에 무엇이 될까?'

완두는 어느덧 어른이 되었어요. 여전히 작지만 예쁜 집에 살고 매일 아침 일하러 가지요. 완두는 무슨 일을 할까요?

궁금하신 분들은 아무래도 책을 보는 수밖에 없어요. 책을 보면 아주 기가 막힌 직업을 갖게 된 완두를 보고 깜짝 놀라실 거예요.

완두처럼 작아야 할 수 있는 것. 오히려 작아서 가치 있는 게 있어요. 그건 바로 '작은도서관'입니다. 작은도서관의 '작은'은 형용사로만 쓰이지 않아요. '작은도서관'이라는 고유명사로 불리지요. 작은도서관이 이렇게 불리게 된 데는 아주 특별한 이유가 있답니다.

사실, 이런 작은도서관 문화는 다른 나라에서는 찾아보기 어려워요. 우리나라에만 있는 고유한 도서관 문화라 해도 과언이 아니지요. 우리나라의 작은도서관 시작을 말하기 위해서 일제강점기 우리나라 공공도서관 이야기를 먼저 해야겠네요. 다른 나라에서는 시민계급과 함께 만들어져 출발한 것이 공공도서관이었지만, 우리나라는 안타깝게도 일제강점기 때 공공도서관이 문을 열기 시작했어요. 일제가 만든 공공도서관은 시민들에게 정보제공을 하기 위해 작동하기보다는 '조선 민중을 가르치는 기관' 정책을 펼쳤지요. 다시 말하면 '공부하는 곳'이었어요.

해방이 되고 전쟁을 겪으면서 역사의 전환점이 찾아왔지만, 사실 공공도서관의 문화는 크게 바뀌지 않았어요. '공부하는 곳'이라는 이미지가 그대로 남아 있던 것이지요. 폐가식 서가에서 개가식 서가로 바뀌고, 다양한 형태의 공공도서관이 들어섰지만, 여전히 공부하는 곳, 조용히 해야 하는 곳이라는 이미지는 달라지지 않았어요.

90년대 말부터 어느 정도 고등교육을 받은 여성들은 자기 아이들을 데리고 도서관에 갔다가 큰 낭패를 경험합니다. '책을 읽어주어서도 안 된다', '이야기해서도 안 된다', '뛰어도 안 된다', 도서관 사람들이 따가운 시선으로 아이들을 바라보는 광경을 만나게 된 거죠.

'어린이 공간이 필요하다'고 얘기했지만, 아무도 들어주지 않았어요. 그래서 삼삼오오 모여 동네에 작은어린이도서관을 만들기 시작했지요. 아이들이 모이고 어른들이 모이다 보니 자연스럽게 동네 독서 공동체 문화가 생겼고요. 그렇게 누워서, 앉아서, 서서, 자유롭게 책을 읽고 읽어주는 문화가 퍼지기 시작했지요. 경직된 공공도시관의 분위기에 반해 작은도서관은 '조용하지 않은 도서관' '시민이 자발적으로 만들어가는 도서관'으로 불리기 시작했어요. 정말 '작아서 좋은 곳'이 되었지요.

이런 작은도서관 문화는 어린이전문도서관인 '기적의도서관'의 모델이 되어요. 유재석 김용만씨가 나와서 진행한 '느낌표' 프로그램 가운데 '책, 책, 책 책을 읽읍시다' 코너 기억하시나요? 우리나라에 새로운 어린이도서관 형태인 '기적의도서관'을 만드는 프로젝트를 진행하기도 했는데요. 이 기적의도서관은 당시 우리나라 곳곳에서 운영되던 작은어린이도서관을 모델링한 곳이에요. 지금 공공도서관에 가면 어린이 자료실이 따로 있고, 유아방에는 신발을 벗고 들어가게 되어 있잖아요? 책 읽어주기가 여기저기서 펼쳐지고 있고요. 이런 공간의 변화 역시 기적의도서관과 함께 변화된 것으로 봐도 좋을 거 같아요.

작은도서관이 작지만 큰 변화를 만들어낸 거죠. 어린이들에게 마음껏 책을 읽어줘도 되고, 소곤소곤 이야기해도 되는 도서관. 책을 읽고 빌려만 가는 곳이 아니라 다양한 독서문화프로그램이 일상적으로 진행되고, 동아리 활동이 벌어지는 곳이 도서관이 된 것이거든요.

대부분 도서관을 짓고 운영하는 일은 관이 할 일이라 생각하는데 시민들이 자발적으로 도서관을 만들고 책 읽는 문화를 만들었다는 건 정말 대단한 일이 아닐 수 없어요. 2006년 국립중앙도서관에 설치된 '작은도서관 진흥팀'은 전국에서 운영중인 작은도서관을 돌아보고 이렇게 정의하지요.

'작은도서관'이라 하면 대부분 규모가 작은 도서관이라고 생각하지만 정확한 의미라 할 수 없다. '작은도서관'이란 말은 단지 '크기가 작다'라는 형용사로서의 의미보다는 '운동'과 '정신'에 의미를 부여한 고유명사이기 때문이다. '작은도서관 운동'이 민간에 의해 자발적으로 형성된 민간자조운동인 만큼 '크다' '작다'라는 규모나 시설의 의미보다는 운동의 개념으로 생각해야 하며, 특히 지역주민의 사랑방 역할을 하는 생활친화적 문화공간이라는 중요한 특성을 간과해서는 안 된다.

'작은도서관'이란 국민의 생활공간 가까운 곳에 소재하여 누구나 지식정보 및 생활·문화서비스의 혜택을 손쉽게 제공받을 수 있는 소규모 도서관이다. 작은도서관은 단순히 책만 읽고 빌려가는 딱딱한 공간이 아닌, 문화인으로서 책을 읽는 것이 하나의 놀이로 느껴지는 즐거운 독서의 놀이터인 것이며, 어린이와 청소년·성인을 위한 휴식공간이면서도 지역주민이 모여 소모임을 만들고 다양한 정보를 교류하는 문화공간이다.(이하생략)

완두는 '작아서 할 수 있는 자기만의 일'을 찾아갑니다. 누군가는 그런 완두를 가엾게 여기고 커서 무엇이 될까 걱정하지만, 그건 '큰 사람'들이 생각하는 기준이었죠.

어린이들에게 책 읽어주는 소리가 도서관에서 들릴 수 있게 되고, 도서관에 시민이 모여 이야기 나누고 자발적으로 움직이는 문화가 생기게 된 과정은 '작아서 할 수 있는 자기만의 방식을 찾아온' 우리나라 작은도서관의 역사와 맞물려 있다는 것을 잊지 않았으면 좋겠어요.

2023년 현재, 우리나라에는 전국 곳곳에서 활약 중인 작은도서관이 7천여 개 있답니다.

도서관이 제3, 제4의 장소가 될 때

『파란 의자』

'이번 달 21일(목)에는 저녁 행사 진행으로 3층 좌석은 6시까지 운영합니다. 이용자들의 불편을 최소화하기 위해 1층 좌석을 10시까지 운영하오니 참고해주시기 바랍니다. 2층 좌석은 평소와 다름없이 운영됩니다.'

두 달에 한 번쯤은 도서관에 안내문을 붙입니다. 3층 입구와 벽, 엘리베이터 안에도 빠뜨리지 않고 꼼꼼히 챙기죠. 그렇지만 행사 날짜가 다가오면 살짝 긴장이 됩니다. 민원이 없어야 할 텐데, 걱정이 되거든요.

그렇게 2년 6개월. 이제는 행사 날 6시가 되면 이용자들이 알아서 자리를 옮깁니다. 누구 하나 눈살 찌푸리는 일 없이 자연스러운 분위기입니다. 가끔 6시를 넘겨 앉아 있는 분들도 계시지

파란 의자

클로드 부종 지음, 최윤정 옮김,
비룡소

만 행사가 있다고 말씀드리면 고개를 끄덕이며 짐을 챙깁니다.

솔직히, 처음에 3층 자료실을 시민들의 토론장으로 변신시킨다는 계획을 세우고 잠이 오지 않았어요. 아직은 공공도서관이 '공부하는 곳'이라고만 인식을 갖고 있는 사람들에게 이곳을 다르게 사용할 것이라는 얘기를 하는 게 두렵기도 했고요. 하지만 북유럽 도서관들이 자료 공간을 다양한 장소로 사용하는 것을 보고 우리도 한번 해보자 싶었습니다. '복합문화공간'으로서의 도서관은 시설을 쪼개어 각각의 공간을 나누는 게 아니라 이럴 땐 이렇게 저럴 땐 저렇게 섞기도 하고 가르기도 하는 곳이라는 경험을 만들어가자는 뜻이기도 했지요.

'산도살롱'

일산도서관에서 따온 '산도'와 18~19세기 프랑스에서 남녀노

소, 신분·계급에 상관없이 평등하게 대화하고 토론했던 문화를 일컫는 '살롱'을 합쳐 만든 말인 '산도살롱'은 이렇게 시작되었습니다. 도서관에서 다양한 주제로 시민들끼리 토론을 벌이는 기회를 마련해보자고 만든 자리이니만큼 공간도 다르게 구성하자는 발상이었지요.

시민들이 토론 주제를 직접 제안하거나 정하기도 했고, 도서관 사람들이 시민들과 함께 나누고 싶은 주제를 정하기도 했습니다.

'공공도서관에서는 베스트셀러를 많이 사야 하나, 스테디셀러를 많이 사야 하나.'

'청년 로컬콘텐츠는 어떻게 만들어야 하나?'

'농인, 청각장애인을 처음 만났습니다.'

주제도 참여자도 다양했습니다.

'산도살롱'을 진행할 때마다 3층 좌석이 아닌 자료를 이용하러 온 시민들은 처음엔 살짝 당황했지만, 곧바로 서가로 가서 자료를 찾았습니다. 한쪽에서는 시민들이 토론하고, 한쪽에서는 자료를 찾아 읽거나 빌리는 장면이 만들어진 것이지요. 원래 있었던 공간이 새로운 '장소'가 되는 순간이었습니다.

『파란 의자』(클로드 부종 지음, 최윤정 옮김, 비룡소)에 나오는 에스카르빌과 샤부도는 사막을 걷다가 파란 의자를 발견합니다. 샤부도는 냉큼 의자 밑으로 들어가 말합니다.

"난 의자가 좋아. 밑에 들어가서 숨을 수 있잖아."

에스카르빌이 끼어들었습니다.

"의자는 거의 요술이야. 개 썰매가 되기도 하고, 불자동차, 구급차, 경주용 자동차, 헬리콥터, 비행기, 음, 또 하여튼 뭐든지 될 수가 있거든. 굴러가는 거나 날아다니는 거… 그리고 물에 둥둥 떠다니는 것도."

두 친구가 의자를 서커스 도구로 사용하고 있을 때 낙타 한 마리가 소리를 지릅니다.

"의자는 말야! 그 위에 앉으라고 있는 거야!"

그러더니 의자에 앉아버립니다. 에스카르빌과 샤부도는 어떻게 했을까요?

"에이, 우린 가자. 이 낙타는 상상력이라고는 통 없는 거 같다."

둘은 가버립니다.

33

도서관 3층은 평소에는 자료실로 쓰이다가 '산도살롱'을 하는 날에는 살롱장으로, 기후위기 강의가 있는 날에는 강연장으로, 북토크가 있는 날에는 토크쇼장으로 모습을 변신했습니다. 1층 어린이 자료실도 변하기 시작했습니다. 클래식 공연장이 되기도 하고, 인형 극장이 되기도 했습니다. 책퍼즐을 하는 놀이터가 되기도 하고, 그림책 원화 전시장이 되기도 했습니다.

그뿐인가요? 도서관 베란다는 텃밭으로 변신했습니다. 한 해 모두 열다섯 팀이 만든 서른 개의 텃밭 상자에서는 패션후르츠와 파파야가 자라고 토마토와 상추, 고추가 자랍니다. 서로의 밭에 물을 주고 비료를 주는 것은 물론 두어 달에 한 번씩은 텃밭 지기들이 만나 음식도 만들어 먹고, 열심히 적은 식물일기들도 나눕니다.

공공도서관 공간이 변화하여 다양한 사람들이 만나는 다양한 장소가 되었습니다. 도서관 공간에 새로운 장소성을 부여하는 일은 변화된 사회에서 공공도서관의 가치를 확장하는 과정이기도 했습니다. '사람과 사람이 만나는 곳으로서의 도서관'이라는 명제는, 정보란 책이나 자료에서만 찾는 것이 아니라 관계 속에서 발견되기도 하는 것이며, 또 그럴 때 도서관의 가치가 더 높아진다는 걸 알아가는 의미이기도 했으니까요.

이런 공공도서관의 가치는 미국의 도시사회학자 레이 올덴버그Ray Oldenburg가 말하는 '제3의 장소'와도 맞닿아 있습니다. 가정이나 직장 또는 학교가 아닌 제3의 장소는 동네 사람들이 자연스럽게 만나 교류하는 데 필요한 곳을 말합니다. 레이 올덴버그는 이러한 제3의 공간의 특징을 비공식적 공공성에 둡니다. 중립적이고 평등하며 이곳에서 이루어지는 가장 주된 활동은 대화여야 한다고 말하고 있지요. 또한 '제3의 장소'는 여유와 사색을 즐기는 비언어적 커뮤니케이션 공간 역할도 합니다. 그런 의미로 봤을 때 공공도서관에서 벌어지는 다양한 활동은 활동 자체를 잘 진행하는 것이 목적이기도 하지만, 새로운 관계를 만들어낸다는 점에서 큰 가치가 있습니다.

물론, 이런 일들은 파란 의자를 '앉는 곳'으로만 규정한 낙타들은 상상할 수 없습니다.

"맞아, 의자는 요술쟁이야. 굉장히 편리하기도 하고, 또 그 위에 올라가면 가장 키 큰 친구만큼 커질 수도 있잖아…. 사나운 짐승이 나타났을 때는 이걸로 막을 수도 있어. 야생동물이 조련사를 물지 못하게 하는 데에도 이만한 방법이 없을 걸. 서커스에 보면 이런 게 나오잖아."

에스카르빌과 샤부도처럼 '파란 의자'가 무엇이라도 될 수 있다고 상상할 때, 도서관은 비로소 콘크리트 건물에 책이 가득한 시설이 아닌 새로운 '제3, 제4의 장소'로 변신할 수 있을 겁니다.

나도 당신에게 배웠습니다
『나는 [   ] 배웁니다』

"아 그러니까 뭘 눌러야 인쇄가 되는 거야?"
"메일을 받았는데, 그걸 종이로 뽑으려면 어떻게 하는 거야?"
"뭘 눌러야 저장이 되는 거라고?"

한 달 전쯤인가? 어떤 어르신 한 분이 우리 도서관에 오셔서 사서 선생님을 붙잡고 컴퓨터를 가르쳐달라고 했습니다. 포털 사이트에 가입해서 메일을 받는 법, 한글 문서를 작성하는 법, 메일을 고쳐서 다시 보내는 법. 누가 봐도 아주 기본적인 것을 모르는 분이었습니다. 처음에는 친절하게 하나하나 가르쳐드리던 사서 선생님도 이틀에 한 번꼴로 오셔서 묻는 바람에 살짝 난감해하기 시작했습니다.

호기롭게 나섰습니다. 도서관에 와서 도움을 요청하는 이용

가브리엘레 레바글리아티 글,
와타나베 미치오 그림, 박나리 옮김, 책속물고기

자에게 최선을 다해야 한다는 일종의 사명감이 불타올랐습니다.

주말에 근무하고 있던 어느 날, 또 뭔가 배우러 온 어르신이 사서 선생님께 질문을 하고 있었습니다.

"제가 알려드릴게요!"

큰 소리로 말씀드렸습니다.

어르신은 메일 두 개를 하나로 합치는 방법을 알려달라 했습니다. 그건 어렵다는 말씀을 드렸습니다. 다른 거 뭐 더 궁금한 건 없으시냐고 물어보는 저에게 어르신은 '엑셀' 프로그램 사용법을 알려달라고 했습니다.

"아, 엑셀이요?"

"사실은 내가 웬만한 기계나 설비 관련된 자격증은 다 가지고 있거든. 근데 컴퓨터는 할 줄 몰라. 컴퓨터를 조금 배우고 엑셀

37

을 조금 할 줄 알면, 누가 취직을 시켜준다는 거야. 그래서 열심히 배워보려고. 그런데, 나한테 맞춰서 가르쳐줄 학원 같은 것도 없고, 빨리 배워야 해서…"

하지만 몇 시간 만에 엑셀을 가르치고 배운다는 건 상상도 못할 일.

'그냥 안 된다고 하자.'

'아니야. 무슨 소리. 도움을 요청하는 이용자인데 최선을 다하는 모습은 보여야지.'

저는 재빠르게 머리를 굴렸습니다. 그리고 '엑셀 기초'에 대한 책을 검색해 두 권을 찾아왔지요.

"이 책 빌려드릴 테니 보면서 독학을 한번 해보세요. 쉽지는 않으실 테지만요. 엑셀은 워낙 전문적인 거라 오래 걸려 배워야 해서요. 안 되면 학원에 다니셔야 할 것 같아요. 그것도 시간은 좀 걸릴 거예요. 그래도 용기를 갖고 한번 도전해보세요."

하고 말했습니다. 그렇지만 책을 빌려 돌아가는 어르신 뒷모습을 보면서 속으로는

'컴퓨터도 잘 못 다루는 분이 독학으로 엑셀을 한다고? 취직은 어렵겠는데. 나는 뭐 최선을 다했으니까.'

생각했습니다.

그 어르신을 잊어갈 즈음, 오래간만에 주말 근무를 하러 나온 날이었습니다. 그런데 그 어르신이 또 도서관에 오셨습니다. 복

사기를 쓰러 오신 거였습니다. 저를 보더니 너무 반가운 얼굴로 말씀하셨습니다.

"선생님이 가르쳐준 덕분에 나 취직되었어! 그런데 복사기 사용하는 방법을 모르겠더라구."

깜짝 놀랐습니다. 며칠 동안 밤새 끙끙대며 기본 엑셀을 익히셨답니다. 그리고 어느 아파트 관리소에서 기계와 설비를 담당하는 일을 하게 되셨다고 하시는 거예요. 어르신이 컴퓨터를 익히기 위해 도서관을 드나드신 지 한 달 남짓 안에 일어난 일이었습니다.

"우리 사무실에도 복사기가 있기는 한데, 물어볼 사람이 마땅치 않아. 조심스럽게 물어보면 하는 방법을 가르쳐주지는 않고 그냥 자기가 해줘. 나는 하는 방법을 배우고 싶은데 말이야. 그래서 자꾸 도서관에 오게 되네."

도서관 복사기와 사무실 복사기는 조금 다를 수 있지만, 기본적으로 원리가 같다고 이것저것 알려드리고 나니 또 이런저런 질문을 해오셨습니다. 어느 틈에 디지털 자료실에 컴퓨터 예약하는 방법을 익히셨는지 저를 자기 자리로 데리고 가시더니 폴더 만드는 법, 문서를 합치는 법, 이런저런 질문을 해오셨습니다. 하나하나 설명드리고 혹시 나중에 보시라고 순서도를 그려드렸습니다. 도서관이 워낙 조용해서 가르쳐드리는 게 조금 신경 쓰이긴 했지만, 그 순간만큼은 어르신의 목소리 크기와 속도,

그리고 분위기를 맞춰드리고 싶었습니다. 곁눈질하는 이용자들에게 눈빛으로 잠깐 기다려달라는 신호를 보냈습니다. 대부분 기다려주겠다는 답 눈빛을 보내왔습니다.

　부끄러웠습니다.
　'평생학습이 어쩌고 저쩌고.' '공공도서관의 역할은 어쩌고 저쩌고.' 마이크 잡고 떠들고 어느 연구 자료에 써대는 건 잘했는데, 정작 현장에서 '배우려는 사람'을 만났을 때 저는 '배울 수 있는 사람'과 '배울 수 없는 사람'을 가르고 있었으니까요. 솔직히 고백하자면 '어차피 안 될 거니 그냥 가만히 계시지'라는 생각도 했고요.

　『나는 [　] 배웁니다』(가브리엘레 레바글리아티 글, 와타나베 미치오 그림, 박나리 옮김, 책속물고기)에는 다양한 것을 배우는 사람이 나옵니다. 젓가락질을 배우고, 꽃을 심는 방법을 배우고, 수영을 배우고, 자전거 타기를 배우고, 아침에 일어나 TV로 들리는 외국어를 익히기 위해 애쓰고, 뜨개질을 배우고, 오케스트라에서 심벌즈를 배웁니다. 그런데 오늘은 아무것도 배우지 않는 날입니다. 생일이기 때문이지요. 웃으며 케이크 촛불을 끄는 사진에 담긴 자신을 보며 주인공은 조용히 말합니다.

　"일흔네 살은 전혀 늙은 게 아니야."

'맞다. 누구나 배울 수 있다고. 그렇게 배웠는데 잊고 있었네.'

배운다는 건 아주 특별한 것이 아니라서 누구나 할 수 있다는 것도, 또 누구나 할 수 있어야 한다는 것도 이미 알고 있었는데 말입니다.

"그런데, 사진이나 자격증 같은 걸 종이에 나오게 하는 거 있잖아? 그건 어떻게 하는 거야?"

어르신이 또 물어왔습니다.

"아, 스캔 말씀하시는 건가요?"

"그래, 그렇게 들은 거 같아. 스캔인가 뭔가."

"그건 말이죠!"

눈빛을 반짝이며 대답했습니다.

도서관에서 누워 있어도 될까?
『천천히 천천히』

"정말 누워 있어요? 도서관에서?"
질문이 쏟아졌습니다.

일산도서관에서 진행되는 생활문화 프로젝트 '누워서'.

  '누워서 할 수 있는 모든 것을 상상해본다.'
  '도서관에서 누워서 뭘 한다고?'
  '그러게 나도 몰라. 그래도 누워서 할 수 있는 일들이 있
지 않을까?'
  '누워서 할 수 있는 것들이 생각보다 많을 거야.'

홍보문구에 적힌 글을 보고 신청한 사람들이 모였습니다. 뭔

천천히 천천히

케이트 도피락 글, 크리스토퍼 실라스 닐 그림,
김세실 옮김, 나는별

지 모르는데 정말 궁금해서 왔다는 이용자들은 뭔가 계속 미심
쩍은 얼굴이었지요.

"전, 잠잘 때 빼고는 누워 있는 시간이 없어요."

"그러게요. 전 누워서 뭘 해본 적이 없는 거 같은데요."

가만히 누워만 있으면 아무것도 안 하는 것처럼 느껴진다는
이야기를 나누며 이 프로젝트는 시작되었습니다.

강사가 있고, 이용자는 수강생이 되는 여느 교육 프로그램과
달리 일산도서관 생활문화 프로젝트는 '시민 스스로 하고 싶은
걸 기획하고 준비해서 함께 나누는 방식'으로 진행하도록 설계
했습니다. 뭐가 뭔지 모르고 좀 어색하기도 했지만, 다 같이 하
나씩 누워서 할 수 있는 걸 정하고 순서대로 돌아가며 준비하고
진행해보기로 했지요.

43

첫 번째 '누워서'를 준비하기로 한 '베이스기타(별명)' 님은 '베이스기타가 돋보이는 음악'을 듣자고 했습니다. 음악을 들을 수 있는 장비는 도서관에서 준비했고, 베이스기타 님은 음악을 골라오기로 했지요.

도서관 강의실에 의자와 책상을 모두 치우고 모기장 텐트를 펼쳤습니다. 그 안에는 에어매트와 담요를 준비해뒀고요. 누워서 하는 프로젝트였지만, 혹시 참여자들이 힘들어할지 모른다는 생각에 편안한 의자도 두어 개 준비했습니다. 그런데 음악이 시작되자마자 가장 연배가 있어 뵈는 '가을' 님이 제일 먼저 신발을 벗고 에어매트에 누웠습니다. 그러자 한 명 두 명 눕기 시작했습니다. 이 프로젝트를 진행하는 저도 누웠습니다. 제가 기획한 것이긴 하지만, 막상 누우니 뭔가 좀 어색했습니다. 그러는 사이 노래는 벌써 세 번째 곡을 향하고 있었습니다.

'Come Together'. 비틀스 곡이었습니다. 존 레넌 목소리가 흐르는데, 문득 이런 생각이 들었습니다.

'아, 이 베이스 기타. 좋다. 누가 치는 거지? 혹시 폴일까?'

순간 저는 한 번도 폴 매카트니를 베이스 연주자로 생각한 일이 없다는 걸 알게 되었습니다. 늘 좋은 노래를 만들고 부르는 사람으로만 여겼지 그가 든 악기의 소리에는 신경 쓰지 않았던 거지요. 비틀스 영상을 보면 그는 늘 기타를 메고 있었는데도 말입니다.

'베이스 연주자로 폴 매카트니는 어떤 사람이었을까?'

생각하는데 갑자기 창문 너머 하늘이 눈에 들어왔습니다. 구름도 보였습니다. 뭐가 급한지 서둘러 흐르더라고요. 바람이 구름을 밀어낸 자리는 놀랍도록 파랬습니다.

'아, 예쁘다.'

늘 거기 있었을 하늘을 이렇게 쳐다본 게 얼마 만인가 싶었습니다. 고개를 놀려 저만치 누워 있는 가을 님을 흘깃 쳐다봤습니다. 발을 까닥까닥하고 계셨어요. 정말 도서관에서 누워만 있어도 되냐 묻던 그분이었습니다.

준비한 곡이 끝났는데 다들 아쉬워하며 몇 곡 더 듣자 했습니다. 저는 '조성진의 피아노 연주'를 듣고 싶다 했습니다. 사실 클래식은 평소에 잘 듣지 않았는데, 갑자기 듣고 싶어지더라고요. 가만히 누워 있으니 평소 보고 듣지 않았던 것들이 궁금해진 건가 생각되었습니다.

『천천히 천천히』(케이트 도피락 글, 크리스토퍼 실라스 닐 그림, 김세실 옮김, 나는별)는 주인공 아이가 일어나 뛰는 것으로 시작됩니다.

너는 오늘도 빨리빨리!
빨리 달리고 달려.
더, 더, 더 빨리빨리.

아이는 뜁니다. 먼저 가려고, 일등이 되려고 빨리 더 빨리.

그만 멈춰!

갑자기 어디선가 들리는 소리. 아이는 잠깐 멈춥니다. 그리고 봅니다. 하늘을 보고 꽃을 보지요. 흐-으-흡. 숨을 들이마시고, 후-우-우, 천천히 내쉽니다. 새들 이야기가 들리고, 무지개 끝이 궁금해지고, 밤을 밝히는 벌레를 들여다봅니다. 달빛 가득한 창가가 있는 집으로 돌아가 눕습니다.

멈춰야 보이는 것들이 있고, 멈춰야 들리는 소리가 있습니다. 늘 세상이 나를 다그친다고 생각했는데, 어쩌면 그 세상은 나 스스로였는지도 모르겠다는 생각이 들었습니다.

"생각보다 너무 좋았어요. 행복했어요. 이렇게 가만히 누워 있는 게 어떤 건지 알게 되었어요."

"한 번도 가보지 못한 자라섬 재즈 페스티벌에 와 있는 것 같았어요. 이 나이 먹고 그런 델 가보고 싶다는 생각을 하는 게 이제껏 우스웠는데, 가봐야지 하는 생각이 들더라고요."

"들리지 않던 악기 소리가 들렸어요. 늘 보컬 목소리만 들렸는데, 사실은 여러 악기들이 소리를 내고 있었더라고요."

가만히 앉아 감상을 나누고, 그 느낌이 사라지기 전에 적어두기로 했습니다. 저는 뭘 적을까 고민하다가 문장 대신 단어 몇

개를 끄적였습니다.

하늘, 바람, 베이스 소리, 그리고 멈춤.

한 시간 남짓, 아무것에도 집중하지 않아서 오히려 집중되었던 것. 알고 있었다고 생각했지만, 누워서 새로 발견한 찰나를 기억해두고 싶었습니다.

이제 일어나 펼쳤던 텐트를 접고, 스피커를 치우고, 다시 책상 앞에 앉아야 하는 시간입니다.

'전화벨이 울리고, 메일을 들여다보고, 음악을 듣던 발이 아니라 마우스를 잡은 손가락을 까딱까딱해야겠지.'

그래도 괜찮았습니다.

왜냐하면, 다음다음 주, 우리는 또 도서관에 모여 눕기로 했거든요.

지금 내가 보고 있는 것
『일곱 마리 눈먼 생쥐』

다케오시립도서관에 다녀왔습니다. 엄마 팔순기념 가족여행을 다케오 시武雄市가 가까이 있는 후쿠오카 현 온천으로 계획한 것도 사실은 이곳을 '내 눈으로' 꼭 보고 싶었던 욕망에서 비롯된 것일지 모릅니다. 엄마에게는 '이왕 여기까지 왔으니 유명하다는 도서관 한 군데를 들러가자' 했지만 말입니다.

비가 부슬부슬 내리는 날 다케오 시를 찾았습니다. 도서관으로 가는 길 내내 조용하고 한적한 시골 풍경이 펼쳐져 있었습니다. 이런 시골에 그런 도서관이 있다는 게 가능할까 생각되었습니다. 우리나라 시골에도 있을 법한 농촌 풍경이어서 더 그런 생각이 들었을지 모릅니다. 사람이나 집 들은 별로 보이지 않았고 내내 논과 밭만 가득했습니다.

에드 영 지음, 최순희 옮김,
시공주니어

하지만 도서관 근처에 다다를수록 풍경은 바뀌고 있었습니
다. 큰 상점들이 보였고, 유명하다는 쇼핑몰도 군데군데 눈에 들
어왔습니다. 이런 변화가 시작된 것이 다케오시립도서관 덕분
이라니 놀랍고 신기하기만 했습니다.

다케오 시는 인구 5만 명 정도인 지방소도시입니다. 2012년
다케오 시민 중 약 20퍼센트만 이용하던 도서관을 혁신해보
고 싶었던 젊은 시장은 '츠타야서점'을 운영하는 기업 CCC^{Culture}
^{Convenience Club}의 최고경영자 마스다 무네아키增田 宗昭를 찾아갑니다.
이른바 기업에게 도서관 운영권을 맡긴 것입니다. 이후 다케오
시립도서관은 연간 100만 명이 드나드는 공간이 되었고, 그 가
운데 다른 지역 방문객이 40만 명에 이르는 '명소'가 되었다고
합니다.

드디어 다케오시립도서관이 보이기 시작했습니다. 크고 웅장한 건물을 기대했지만, 생각보다 크지 않았습니다. 주차장에 차를 대고 도서관 문을 열었습니다. 다케오시립도서관 정문을 열고 들어가니 바로 츠타야서점과 스타벅스 커피점이 보였습니다. '편안함'을 키워드로 도서관 1층을 변화시킨 것이었습니다.

책을 분류해놓은 방식도 독특했습니다. 일본 도서분류법인 NDC(우리나라 KDC분류와 같은 십진분류법)를 따르지 않고 '취향'을 중심으로 책을 분류한 츠타야서점 방식을 그대로 들여왔기 때문입니다. 일본의 공공도서관 99퍼센트가 쓰는 분류방식이 아닌 새로운 방식으로 접근한 것이지요. 사실, 이 분류법은 도서관계에서는 엄청난 혁신이었습니다.

기존 도서관 분류체계는 관리자 중심으로 되어 있습니다. 분류 자체가 '자료를 체계적으로 분류해서 찾기 좋게 하자'는 취지로 만들어진 것으로 예전 폐가식(자료를 개방하지 않고 사서가 책을 찾아주는 방식) 도서관 시절에 고안해낸 것을 지금까지 쓰고 있는 것이기도 하지요. 물론, 도서관 이용자들도 이런 분류체계에 많이 익숙해져 있지만요.

'취향'을 중심으로 도서관 자료를 재분류한 가장 큰 이유는 관리자가 아니라 이용자를 중심에 두자는 생각에서 비롯되었다고 합니다. 쉽게 설명하면, '자동차'를 좋아하는 사람들에 맞게 '자동차' 관련 자료를 한군데 모아놓는 방식입니다. 기술과학 분야에 있어야 할 자동자 정비 도서와 자동차를 주제로 한 문학, 자동차의 역사 관련 책이 한군데 모여 있게 한 것이지요. 자동차를 좋아하는 사람이 정비 관련 책을 빌리러 왔다가 자동차 관련 문학이나 역사책도 볼 수 있게 한 장치입니다.

이런 다케오시립도서관 사례가 우리나라에 알려지면서 굉장히 많은 사람들이 이곳을 벤치마킹하기 시작했습니다. 도서관계 사람들이 다녀왔고, 중소지자체 여러 군데가 이곳을 찾았습니다. 도시재생 그룹에서도 많이 찾는 곳이 되었지요. 다케오시립도서관이 가져온 '혁신'을 배우고 싶었던 것입니다.

『일곱 마리 눈먼 생쥐』(에드 영 지음, 최순희 옮김, 시공주니어)라는 오래된 그림책이 있습니다. 일곱 마리 눈먼 생쥐들은 연못가에서 아주 이상한 것을 발견하고 정체를 알아보기로 하지요. 첫 번째로 나선 빨간 생쥐는

"그건 기둥이야."

하고 말했습니다. 두 번째로 나선 초록 생쥐는 '뱀', 노란 생쥐는 '창', 보라색 생쥐는 '높은 낭떠러지', 주황색 생쥐는 '부채', 파란 생쥐는 '밧줄'이라고 주장하면서 서로 다투기 시작합니다. 마지막으로 나선 하얀 생쥐는 이상한 물체 위로 올라가 이쪽에서 저쪽 끝으로 달려보기도 하면서 찬찬히 살펴본 뒤 이렇게 소리칩니다.

"이건 기둥처럼 튼튼하고, 뱀처럼 부드럽게 움직이고, 낭떠러지처럼 높다랗고, 창처럼 뾰족하고, 부채처럼 살랑거리고, 밧줄처럼 배배 꼬였어. 하지만 전체를 말하자면 이건…… 코끼리야."

두어 시간 남짓 다케오시립도서관을 둘러보면서 문득 나는 어떤 생쥐일까 생각해보았습니다.

'지금 내가 눈을 뜨고 보고 있는 것은 어느 만큼일까?'

2013년 다케오시립도서관이 변신하고 꽤 오랜 기간 동안 꾸준히 사람들이 찾는 공간이 된 과정보다 외형과 형태만 베끼고 있는 것은 아닐까 생각되었습니다. 하얀 생쥐처럼 다른 생쥐들 말에 귀도 기울이고 직접 달려보기도 하고 찬찬히 더듬어보지 않고 하는 말들은 공허합니다. 어찌 도서관 벤치마킹뿐일까요? 지방자치선거가 끝나고 여러 정책들이 만들어지는 과정을 보면, 여전히 우리는 눈을 감고 자기가 옳다고 주장하는 생쥐들인 건 아닐까 싶습니다.

결국 『일곱 마리 눈먼 생쥐』에서 우리가 주목할 것은 하얀 생쥐의 귀와 발입니다. 하얀 생쥐는 가만히 다른 생쥐들 말을 듣습니다. 그렇게 들은 말을 토대로 가만히 찬찬히 움직이고 확인하지요. 그리고 종합적으로 사고하고 말합니다.

"전체를 말하자면…" 하고요.

마스다 무네아키가 츠타야서점, 그리고 다케오시립도서관을
통해 가져온 혁신도 처음에는 '들여다보기'와 '듣기'에서 시작되
었다고 합니다. DVD대여점으로 시작한 츠타야를 찾아오는 손
님들을 들여다보고 직원들 이야기를 들었습니다. 다른 색깔 쥐
들처럼 일부를 차용하지 않고 하얀 쥐처럼 오랫동안 들여다보
고, 듣고, 자기 발로 움직인 뒤 답을 찾아낸 것입니다. '책을 파는
것이 아니라 책 속의 경험을 제안한다'는 전략은 오래 묵은 분류
체계를 바꿨습니다. 이는 다시 츠타야서점을 책이 팔리는 곳으
로 바꿨고, 다케오시립도서관을 바꾸는 데 이르렀습니다. '책이
팔리고 읽히는 곳'으로 이어지는 커다란 맥락의 변화, 즉 혁신을
일궈낸 것입니다.

우리는 지금 무엇을 보고 있는 걸까요? 내가 보고 있는 것이
전부라 믿는 어리석은 눈은 차라리 감아버리는 건 어떨까요. 그
리고 들리는 소리와 손과 발로 느껴지는 감각에 주목해보는 겁
니다. 찬찬히 듣고 움직이다 보면 결국 전체를 보게 될 것입니
다. 눈을 감고도 말입니다.

고양이 눈으로 보면

『동구관찰』

고민이었습니다.

'어떻게 하는 게 좋을까?'

고민의 시작은 제가 일하고 있는 도서관의 강의실을 대관해 달라는 전화가 오면서입니다. ○○장애인종합복지관에서 발달장애인들과 프로그램을 하고 있는데, 복지관이 리모델링 공사를 하면서 프로그램 진행을 할 장소가 마땅찮다는 것이었죠. 마침, 도서관 동아리실은 대관이 가능해서 그렇게 하겠다고 대답했습니다.

그런데, 대관을 승인해놓고부터 고민이 생겼습니다.

'그냥 빌려주기만 하고, 아무것도 안 해도 괜찮나?'

생각이 들더라고요.

제가 일하고 있는 도서관은 벽이 없는 구조로 만들어진 도서

조원희 지음, 엔씨문화재단

관입니다. 2층엔 책이 가득 꽂혀 있는 종합 자료실, 컴퓨터를 할
수 있는 디지털 자료실, 잡지나 신문을 볼 수 있는 정기간행물실
이 모두 뻥 트인 공간에 함께 자리 잡고 있지요. 넓은 카페 같은
분위기라 생각하시면 됩니다. 3층도 거의 비슷한데, 디지털 자
료실이나 정기간행물실이 없는 대신 강의실이 두 개 있고, 동아
리실이 하나 있지요. 강의실과 동아리실은 벽이 있고 문을 열고
들어가는 구조지만, 동아리실 문을 열고 나오면 바로 사람들이
앉아 공부를 하거나 책을 읽는 자료실이거든요.

　발달장애인이 열 명 넘게 왔다 갔다 할 건데 자료실에 앉아 있
는 사람들과 어떤 눈빛을 주고받을까 걱정이었습니다.

　'커다란 안내문을 붙이자. 오늘은 발달장애인들이 동아리실
을 씁니다. 따뜻한 눈빛으로 배려해주세요. 이왕이면 손글씨로

55

예쁘게 써 붙여야지.'

'아니야, 그 안내문을 발달장애인들이 보면 어떨지 모르겠다. 쪽지로 만들어서 책상마다 놓자. 그럼 자료실을 이용하는 사람들만 볼 수 있잖아.'

'아니지, 도서관은 원래 누구나 드나들 수 있는 곳이잖아. 이런 안내문은 너무 과잉 아닐까?'

'음, 그런데 혹시 이용자들이 발달장애인들을 곱지 않은 시선으로 보거나 뭐라 하면 어쩌지? 상처받은 장애인들이 도서관엔 오지 말아야겠다고 생각하면 안 되는데.'

며칠 끙끙대고 고민을 하고 있는데, 문득 떠오르는 사람이 있었습니다. 오랫동안 장애인 인권 운동을 해왔고, 지금은 제주도에서 삼달다방지기로 있는 이상엽 선생님이었지요. 아주 친한 사이는 아니라 조심스러웠지만, 눈을 질끈 감고 전화를 걸었습니다.

"당사자에게 물어보셨어요? 많은 비장애인들이 당사자에게 묻는 걸 조심스러워하는데, 그러지 않아도 됩니다. 당사자에게 묻기 어려우면 복지관에 물어보시면 되고요."

'아, 나는 왜 그 생각을 한 번도 못했지?'

돌아온 대답에 뭔가 뒤통수를 얻어맞은 것 같았습니다. 당사자에게 물어볼 생각은 정말 한 번도 못했거든요. 왜 그랬을까요? 물어보면 상처받을까 봐, 그들이 답을 줄 수 있는 상황인지 아닌지 몰라서. 이런저런 핑계를 찾지만, 결국 장애인을 배려한다는 착각으로 혼자서 판단해버린 결과였지요.

그림책 『동구관찰』(조원희 지음, 엔씨문화재단)은 남자아이 한 명과 고양이가 서로 눈을 맞대고 노려보는 표지로 시작합니다. 처음엔 아이가 '동구'라는 고양이를 관찰하는 이야기인가 싶지만, 곧 동구라는 아이를 관찰한 고양이 이야기라는 걸 알 수 있지요. 그림책을 넘기다 보면 어느새 나도 고양이 시선을 따라 같이 동구를 관찰하게 됩니다.

이 녀석이 동구다. 열한 살. 내가 뭘 하려고만 하면 꼭 방해를 한다. 식습관이 별로 좋지 않다. 녀석은 가끔 이상한 소리를 낸다.

'열한 살짜리들이 다 그렇지 뭐.' 생각하면서 한 장 더 넘기면

동구는 가끔 차를 타고 병원에 간다. 차 안에서 동구는 말이 없다. 어떤 기분인지 알 것 같다. 병원은 나도 싫다.

병원을 다녀온 동구 모습이 그려집니다. 그리고 그때야 보입니다. 책 속 동구는 휠체어를 타고 있거든요. 서둘러 앞 장을 다시 넘겨봅니다. '아, 동구는 발달장애가 있는 아이구나.' 그제서야 알아채게 되지요.

병원에 다녀온 동구는 힘이 없어 보인다.
하지만 내가 부르면
동구는 다시 웃는다.
나는 동구가 웃는 게 좋다.

책 속 고양이는 동구를 핥습니다. 그런 고양이를 보면서 동구가 웃습니다.

책을 덮으면서 생각해봅니다.
'동구가 병원 가는 장면을 보기 전 장애가 있는 아이라는 걸 느끼지 못한 까닭은 뭘까?'
고양이의 시선이었기 때문입니다. 고양이는 그냥 동구를 관찰하는 거였거든요.
고양이가 아닌 나는 여전히 편견 덩어리였습니다. 장애인 관련 책도 많이 읽고 20, 30대에는 장애인 시설에서 봉사활동도 열심히 했지만, 여전히 세상 속 장애인에게 다른 눈빛을 갖고 있던 거지요. 동구는 그냥 동구일 뿐인데, 세상 속 동구는 그냥 '동구'가 아니라 '발달장애인'이었습니다.

복지관에 전화를 걸었습니다. 조심스레 우리 도서관 사람들이 갖고 있는 고민 이야기를 했지요.
"별다른 코멘트가 없는 것이 좋습니다. 그냥 저희에게 대관했다는 내용만 안내해주시면 됩니다."

복지관 담당자는 웃으며 대답해주었습니다.

동아리실 대관이 있던 날, 우리는 다른 대관 때와 같은 안내문을 만들어 동아리실 문 앞에 붙였습니다. 그리고 그날, 한 명 두 명 도서관을 어슬렁거리는 '동구'들을 만났지요. 이름을 묻지 못했지만, 저는 고양이 눈을 가지려 노력했습니다. 눈이 마주치면 다른 사람에게도 그렇듯 가벼운 목인사를 했고, 동아리실이 어디인지 안내를 했지요.

아무 일도 일어나지 않았습니다. 동아리실 앞이 좀 시끌시끌했을 수 있지만, 생각해보면 다른 사람들이 동아리실을 대관해 사용할 때도 그만한 소리는 다 났거든요.

다만, 달라진 게 있다면, 동아리실 대관이 있던 날 이후로 가끔 그때 만난 '동구'들을 다시 만난다는 것입니다. 그때마다 저는 고양이 눈을 가지려 애를 씁니다. 눈이 마주치면 가벼운 목인사를 하고, 책을 빌려달라 하면 늘 그렇듯 친절한 얼굴로 책을 빌려주곤 합니다.

59

이야기 들어주는 원숭이가 필요해
『백만 마리 원숭이』

"관장 나오라 해!"

일산도서관에서 공식적으로 일하는 첫날, 도서관 2층에 계시던 어르신 한 분이 사무실로 찾아왔습니다. 이런 일들이 있을 거라 생각은 했지만, 출근 첫날부터 맞닥뜨리고 나니 사실 살짝 겁이 났습니다.

"도서관은 원래 정숙해야 하는 곳인데, 몰지각하게 서로 얘기하고 다니는 사람들이 있어!"

'저, 요즘 도서관은 '정숙'만을 강조하지는 않습니다. 도서관법에도 공공도서관은 '정보이용, 독서활동, 문화활동, 평생교육'에 이바지하는 시설이라고 나와 있거든요.'

하고 말하려다가 잠깐 숨을 들이켰습니다. 그리고 차분하게 말했습니다.

알프레드 힉먼 경 원작, 김채완 그림,
허은미 다시 씀, 빨간콩

"저랑 같이 올라가서 그 사람들이 누군지 말씀해주시겠어요? 요즘 도서관은 너무 조용해야 한다 그러진 않거든요. 그래도 너무 시끄럽게 하면 안 되죠. 같이 올라가실까요?"

"아니, 뭐 그렇게까지 할 건 없고…"

마음이 풀린 건지, 아니면 굳이 누군지 지적까지 하고 싶지는 않은 건지 모르지만 어르신은 다시 2층으로 올라가셨습니다. '휴' 한숨을 내쉬었습니다. 살짝 손바닥에 난 땀도 닦았지요.

생각보다 공공도서관에는 이런저런 불만을 얘기하는 사람들이 많습니다. '덥다' '춥다' '슬리퍼 소리가 거슬린다' '아이들은 2층에 못 올라오게 해라' '자리 비우는 사람 관리해라' '텀블러 얼음 소리 시끄러우니 음료 못 마시게 해라…' 시간이 지나면서 그

61

런 불만에 대처하는 능력이 높아져갔지만, 지쳐가는 것도 사실이었습니다.

그러던 어느 날, 정신이 퍼뜩 차려지는 순간이 있었습니다. 직원들과 사업 평가를 하는 워크숍을 하다가 잠깐 쉬는 시간이었습니다.

"그 민원인이⋯."

"그러니까 그 민원인들이⋯."

"민원인들이 와서 프로그램 신청하는데⋯."

직원들이 '시민' 또는 '이용자'를 '민원인'이라 부르고 있더라고요. 직원들에게 뭐라 하지는 않았지만, 그다음부터 고민이 깊어졌습니다.

'우리는 왜 시민을 민원인이라 부르게 되었을까?'

'시민의 문제일까? 아니면 우리들 문제일까?'

『백만 마리 원숭이』(알프레드 힉먼 경 원작, 김채완 그림, 허은미 다시 씀, 빨간콩)에는 부모님이 일을 하러 가고 나면 집안일을 하는 '안' 이야기가 나옵니다. 여느 때처럼 일을 하던 안은 습하고 더운 집에서 나와 잠시 평상에서 잠이 들어버립니다. 그런 안을 본 부모님은 불같이 화를 냅니다. 안은 집을 빠져나와 숲으로 달아나지요.

그러다 원숭이 한 마리를 만나게 되고 원숭이 무리가 있는 곳으로 가게 됩니다. 그리고 거기에서 만난 백만 마리나 되는 원숭이들에게 말하기 시작합니다.

"있잖아. 나 아버지한테 야단맞았어."
"이런 이런!"
"아이고 저런!"

백만 마리 원숭이가 동시에 한숨을 내쉬었습니다. 안은 자기가 당한 일을 계속 말하고, 그때마다 원숭이들은

"이런 이런!"

하고 맞장구를 쳐줍니다. 안이 더 이상 할 말이 떠오르지 않자 했던 말을 또 합니다. 그러자 원숭이들은

"그게 다야?"

하고 말하자 안은 생각에 잠깁니다.

처음엔 '민원의 내용'이 문제라 여겼습니다. '개인 공부방' 기능이 중심이었던 과거 도서관 이미지가 아직 많이 남아 있는 탓에 '정숙'을 강조하는 내용이 많았고, 부족한 인력 구조에 2층에

63

는 직원이 없이 운영되는 상황으로 발생하는 문제, 복잡한 내용과 방식의 자료대출 시스템이 문제라 여겨졌지요.

하지만 시간이 지나면서 내용이 아니라 '태도'의 문제라는 생각이 들었습니다.

'내가 낸 세금으로 월급 받는 주제에.'

'가만히 앉아 시간만 보내면서!'

이런 말 가운데는 '월급을 주면 이렇게 대해도 된다'는 '자본' 중심의 생각이 깔려 있는 것 같았습니다.

'내가 원하는 방식으로 일해라.'

이런 지배적인 태도도 문제인 것 같았고요. 소위 말하는 '갑을' 문화가 문제인 건 아닐까 생각되었습니다.

일하는 사람들의 소극적인 태도도 마찬가지였습니다.

'기존의 방식대로만 하자.'

'눈 마주치지 말자. 민원을 넣을지도 모른다.'

이런 생각을 바꾸지 않으면 안 됩니다. 나에게만 닥치지 않으면 될 재수 없는 일이 아니라, 서로가 함께하는 문화가 만들어지지 않으면 이런 악순환은 계속되니까요.

누가 더 문제인지, 누가 먼저 해결해야 하는지 그걸 딱 부러지게 말하기는 어렵습니다. 그러나 이것 하나는 확실합니다. 지금 이대로는 아니라는 것.

안은 말합니다. '사실 별것 아닌 일이었던 것 같다'고. 백만 마리 원숭이 효과입니다. 우리도 서로에게 백만 마리 원숭이가 되어주는 건 어떨까요? '이런이런' '아고 저런!' 충분히 말한 상대에게 이런 말도 해주는 겁니다. '그게 다야?' 그러다 보면 알게 될지 모르지요. 사실 아주 큰일은 아니었다는 걸요.

민원인이 아니라 '시민'입니다. 시민이기 전에 '사람'이고요. 돈으로만 대가를 매길 수 없는 '관계'가 필요한 때입니다.

'아이고 저런.'

'이런 이런.'

'그게 다야?'

여기저기서 활약하는 백만 마리 원숭이들을 보고 싶습니다.

점 하나를 찍으면
『진정한 챔피언』

'열심히 노력해서 훌륭한 사람이 되어야 한다.'

지금 저를 아는 사람은 동의하기 어렵겠지만, 저는 어려서 모범생이었습니다. 그냥 보통 모범생이 아니라, 어른들 말이라면 거의 100퍼센트 곧이곧대로 믿고 행동하는 아이였지요.

길거리를 지나다 관공서에 걸린 태극기를 보면 멈춰서 '국기에 대한 경례'를 했습니다. 자기 혼자서 그러면 그나마 그런가 보다 하고 말 터인데 같이 가는 아이들에게도 그래야 한다고 잔소리를 하며 가르치곤 했지요. 아무도 없는 교실 복도에서도 항상 뒷짐을 지고 뒤꿈치를 들고 걸었고, 길거리에서 천 원짜리라도 한 장 줍게 되면 꼬박꼬박 파출소에 갖다줬습니다. 어른들이 말하는 '훌륭한 사람'이 되기 위해 열심히 노력해야 한다고 굳게 믿으며 살았습니다.

파얌 에브라히미 글, 레자 달반드 그림,
이상희 옮김, 모래알(키다리)

　하지만 어른들 말은 모두 사실이 아니었습니다. 훌륭한 사람
은 그렇게 해서 되는 게 아니었습니다. 아니, 심지어 훌륭한 사
람이 될 필요도 없었지요.

　『진정한 챔피언』(파얌 에브라히미 글, 레자 달반드 그림, 이상희
옮김, 모래알(키다리))에 나오는 압틴은 저와는 많이 달랐습니다.
어른들이 하는 말에 의문을 갖고 자기 나름대로 고민하고 해석
하는 아이였지요.
　모두가 스포츠 챔피언인 몰레스키 집안에서 태어난 압틴은
다른 식구들과 아주 달랐습니다. 운동을 잘하지도 못했고, 챔피
언이 되고 싶어 하지도 않았습니다. 심지어 다른 식구들에게는
다 있는 입 위쪽에 있는 점도 압틴에게만 없었지요. 압틴을 부끄

러워하는 집안 어른들은

"몰레스키 집안에서 태어났으니 트로피도 척척 받아 오고,
금메달도 주렁주렁 걸어야지!"

하고 윽박지릅니다. 이런 어른들이지만, 압틴은 사랑받고 싶
어 합니다. 하지만 압틴은 챔피언이 되려고 노력하지 않습니다.
자기가 하고 싶은 건 따로 있다고 생각하며 살아가지요. 그때마
다 아빠는 화를 내고, 압틴은 점점 작아집니다.

그러던 어느 날 압틴은 거실에 걸린 조상들의 챔피언 수상 사
진을 보며 '행복해 보이지 않는다'고 생각합니다. 조상들을 행복
하게 하고 싶은 압틴은 기발한 생각을 하고 실천에 옮깁니다. 자
기가 할 수 있는 일을 찾았다고 생각한 압틴은 온 힘을 다하지요.

그다음 날, 압틴이 한 짓(?)을 발견한 아빠가 경악을 금치 못
하는 장면으로 책은 마무리됩니다.

압틴을 보면서 문득 우리나라 작은도서관과 참 닮아 있다는
생각을 했습니다. 2022년 12월에 개정되고 2023년 8월부터 시
행되고 있는 도서관법 4조 3항에는

② 도서관은 그 설립목적 및 대상에 따라 다음 각 호와 같
   이 구분한다.

1. 공공도서관: 공중의 정보이용·독서활동·문화활동 및
   평생학습을 주된 목적으로 하는 도서관을 말하며, 다음
   각 목의 시설을 포함한다.
   가. 주민의 참여와 자치를 기반으로 지역사회의 생활
      친화적 도서관문화의 향상을 주된 목적으로 하는
      작은도서관
   나. 어린이, 장애인, 노인, 다문화가족 등에게 도서관서
      비스를 제공하는 것을 주된 목적으로 하는 도서관

이렇게 작은도서관도 공공도서관 범주에 포함되어 있습니다.
그러나 공공도서관 통계를 낼 때는 개수에 포함하지 않습니다.
   일반적으로(저를 포함한 대부분의 사람들은) 작은도서관과 공
공도서관이 서로 다른 범주인 것처럼 이야기합니다. 사실 저 역
시 별다른 의식 없이 '공공도서관과 작은도서관이 협력해야…'
등의 표현을 씁니다. 엄밀히 맞지 않는 표현입니다. '작은도서관
이 공공도서관이냐?' 하는 문제 제기도 끊임없이 많이 들려옵니
다. 그럼 작은도서관은 뭘까요? 엄대섭 선생님의 '마을문고 운
동'을 기준으로 보면 50여 년, 짧게 봐도 20여 년이 넘는 역사를
가진 작은도서관이라는 존재는 공공도서관 역사 속에 어떻게
기록되어야 할까요?

   압틴의 아빠는

"너 같은 아이가 우리 집안에 태어나다니, 조상님께 용서를 빌어야겠다."

라고 말합니다. 집안이 생각하는 기준에 미치지 못하니 압틴을 부정하고 싶은 것이지요. 하지만 압틴은 스포츠 챔피언은 아니라도 나름대로 자기 역할을 하며 살아가고 그런 자신을 이해해주기를 바랍니다. 몰레스키 집안이 이제껏 생각하고 살아온 방식과 다르지만 압틴이 몰레스키 집안사람인 것처럼, 작은도서관도 역할만 다를 뿐 전국에 7천여 개(2023년 기준)나 존재하는 엄연한 '공공도서관'입니다.

압틴은 조상들 사진에 기발한 짓(?)을 하기 전, 거울을 보며 자기 입 위쪽에 점을 찍습니다.
'나도 몰레스키 집안사람이다.'
스스로 선언하는 행위입니다.
만약 압틴이 점을 찍지 않고
'에이. 나 몰레스키 집안사람 안 할래. 출생은 그랬어도, 다르게 살 거야.'
선언하고 그 집안을 나와버렸으면 어땠을까요? 나쁘지 않은 결말입니다. 또 다른 결말도 상상해봅니다. 기발한 짓(?)을 본 아빠는 더 화가 나 압틴을 두들겨 패고 세면대로 끌고 가 점을 지우고 내쫓는 거지요. 아니면 이건 어떨까요? 아빠가 '아, 우리가 챔피언이 되는 것만 추구했지 행복하게 살지 못했구나. 이제라도 압틴을 집안사람으로 인정하고 사랑해줘야지' 하는 겁니다. 지나친 비약이지만 상상은 자유니까요.

　그래도 압틴 이야기는 이런저런 결말이 상상됩니다만, 작은 도서관은 어떻게 될까요? 공공도서관 가문에서 태어났어도 어느 측면에서는 공공도서관으로 인정받기 어려운 분위기. '에잇, 나 이 집안에서 나갈래' 해야 할까요? 아니면 이대로 집안에서 외면당하면서도 꿋꿋이 살아가야 할까요? 혹시 이런 건 어떨까요? 이런저런 아쉬움은 있지만, 그 몫에 맞는 역할을 하고 있다는 걸 인정하고 함께 살아가게 되는 결말도 나쁘지 않을 것 같은데요. 어차피 한 집안에서 태어난 식구니까 말이에요.

○

아이들은 자랍니다. 생각보다 빠르게 자라지요. 잘 먹고 잘 자고 건강하게 자라는 것도 중요하지만, 좀 더 세상을 따뜻한 눈으로 바라보고, 옆사람들과 함께 살 수 있는 심성을 가진 아이로 자라면 좋겠습니다. 이왕이면 다양한 지식정보를 조합하여 자기 것으로 만들 줄도 알고, 머릿속에 머무르는 지식이 아니라, 세상에 쓰임새 있도록 활용하는 사람으로 성장하면 좋겠지요.

우리 아이가 그렇게 자라나려면 뭐가 필요할까요? 스스로 생각할 줄 아는 사고력, 주변을 살필 줄 아는 공감 능력, 자기에게 닥친 어려움을 해결해나가는 회복탄력성. 이런 것들을 키워주려면 꼭 필요한 게 있습니다. 그 필요한 것이 가득한 곳이 바로 도서관이지요.

어린이들에게 도서관은 단순히 책을 모아둔 창고가 아닙니다. 책을 통해 배우고 관계 맺고, 살아나가는 다양한 길을 안내받을 수 있는 곳이기도 합니다. 한 번 익숙해지면 평생을 활용할 수 있는 도서관. 우리 아이도 도서관에서 키워보는 건 어떨까요?

○

2

아이를 키우는
도서관

~~~~~

오늘의 나를 있게 한 것은 우리 마을 도서관이었다.

하버드대학교 졸업장보다 소중한 것이 독서하는 습관이다.

- 빌 게이츠

놀고 싶을 땐 놀고, 자고 싶을 땐 자고
웃고 싶을 땐 웃고, 울고 싶을 땐 울었어.
좋은 건 좋다 하고, 싫은 건 싫다 했어.

그런데 참 이상하지?
이런 공주가 하나도 낯설지 않은 거야.

허은미 글, 서현 그림, 『너무너무 공주』, 만만한책방.

책은 왜 읽어야 하나요?

『책 冊』

대학교 4학년 때 아이들에게 글쓰기를 가르치기 시작했고, 중간에 2년을 빼면 주로 아이들과 함께 글을 쓰거나 책을 읽는 활동을 했으니 25년 정도 아이들을 만난 것 같습니다.

"책은 왜 읽는 걸까?"

25년 동안 아이들에게 줄곧 해왔던 질문이에요. 주로 초등학생들에게 했을 텐데요. 신기하게도 25년 동안 아이들 답은 한결같았습니다. 거의 80퍼센트가 넘는 아이들은 이렇게 대답했어요.

"똑똑해지려고요."

그러면 저는 되묻습니다.

"거짓말, 너 지금 그 책 읽으면서 '음, 인간의 사랑이란 이런 화학작용에 의해서 일어나는 거구나' 이런 생각을 하면서 읽는다고? 정말?"

지현경 지음, 책고래

"에이 그건 아니죠?"

"그럼 너는 왜 읽는데?"

"음…."

아이들은 생각에 잠깁니다. 그리고 대답은 두 가지로 나뉘죠.

"어른들이 읽으래서요."

"그냥… 재미있으니까요."

'똑똑해지려고 읽는다'는 건 아마 아이들 말은 아니었을 겁니다. 어른들이 굳이 '똑똑해지기 위해서는 책을 읽어야 한다'고 말하진 않았겠지만, 은연중에 그런 분위기를 풍겼겠지요. 틀린 말도 아닙니다. 책을 읽으면 사고력이 생기고 다른 말로 '똑똑해진다'고 할 수 있으니까요. 그런데 문제는 이런 어른들의 의도가 아이들 책 읽기에 너무 크게 작동되고 있다는 점입니다.

77

아이들이 태어날 때는 '건강하게만 태어나라' 했던 부모님의 마음이 초등학교를 들어갈 때쯤이면 확 바뀝니다.

'그래도 어느 정도 공부는 해야 하지 않겠어? 전국 1, 2등을 하라는 건 아니고 그래도 어느 정도는.'

그 어느 정도가 어느 정도인지 알 수 없지만, 그동안 아이와 소통하며 재미나게 하던 책 읽기도 목적이 달라지는 거죠.

'뭔가 학습에 도움이 되면 좋겠다.'

0~3세 영아기 아가들에게 책은 '놀잇감'입니다. 물고 던지는 놀잇감일 뿐만 아니라 누군가와 관계를 맺게 하는 매개물이지요. 양육자는 책을 읽어주며 방긋방긋 웃어주고 눈을 마주쳐줍니다. 같이 보면서 뭘 만지기도 하고 찾기 놀이도 합니다. 이 시기 소리 내어 책을 읽어주는 것은 애착 형성을 하는 데 아주 훌륭한 행위입니다. 아가들은 '책'이라는 물성을 좋아하기보다 책을 읽어주는 사람과 연결되는 그 과정을 즐깁니다.

'이거 뭔지는 잘 모르겠는데, 굉장히 좋은 건가 봐.'

이런 마음이지요.

4~7세 유아기 역시 이 관계성이 중요합니다. 이 시기 아이들은 인지가 발달하고 '물활론'이 생깁니다. 책 속 등장인물과 이야기에 옴팡 재미를 느끼는 시기이지요. 물론, 이 시기에도 책을 읽어주는 사람의 태도가 중요합니다. 책에 대한 생각이 무르익

는 시기이기 때문에 이때 삐끗해서 책을 학습도구로 사용하게 되면, 아이들이 책에 대한 생각이 그렇게 고정될 수도 있습니다. 특히 초등학교 입학 전 글을 떼야 한다는 조바심은 책을 한글 깨치기 도구로 사용하게 만듭니다. 그전까지 열심히 신나게 잘 읽어줬던 마음이 바뀌게 되는 거지요.

"너, 이 글자 알잖아. 한번 읽어볼래?"

하고요.

정말 책은 왜 읽는 걸까요?

여기 책에 푹 빠진 두 어린이가 있습니다.

『책 冊』(지현경 지음, 책고래)에 나오는 연이와 순이입니다. 연이네 집에는 책이 참 많습니다. 연이는 온종일 책만 보는 아이지요. 연이에게 말동무를 해주려고 찾아온 순이는 연이가 책을 다 볼 때까지 기다리면서 연이가 밀쳐둔 책을 집어 듭니다. 순이도 재미난 이야기가 가득한 책 속으로 빠져듭니다.

"집에 가져가도 돼."

연이의 말에 순이는 책을 꼭 안았지요. 이번에 연이는 종이를 잔뜩 펼쳐놓았습니다. 쓰고, 또 쓰면서 이야기를 지었지요. 순이는 신기해서 연이의 이야기를 읽고 또 읽었고요. 그러던 어느 날, 순이는 더 이상 연이네 집에 올 수 없었습니다. 농사일을 도와야 했거든요. 연이는 책이 읽히지 않습니다. 결국 연이는 순이를 찾아 나섰지요.

아이들이 책을 읽는 목적은 '똑똑해지기 위해서'가 아닙니다. 영아기에 책을 통해 아이와 애착을 맺으면, 유아기에 이야기로 관계를 이어가게 됩니다. 이야기는 나 혼자 간직하는 것이 아니라 누군가 상대가 있어야 하는 것이잖아요. 책 속 이야기는 그렇게 연결을 만들어내는 거지요. 물론, 아이들은 책 속에서 질문도 찾고, 마음도 치유하고, 지식 정보도 얻습니다. 공감 능력도 커지고 사고도 확장되고요.

하지만 아이들에게 가장 중요한 목적은 '즐거움'입니다. 책 속이야기가 즐겁고 그렇게 책으로 맺어지는 관계에서 즐거움을 느낍니다.

어른들은 '즐거운 책 읽기'가 이어지도록, 즐거움이 책을 읽는 목적이 되도록 만들어주면 됩니다. 그렇게 되면 아이들은 책을 즐거움으로 마주하게 될 겁니다. 책을 평생 즐기게 되는 거지요. 당장 할 공부량이 많아 잠깐 독서를 뒷전으로 미뤄야 할 청소년기나 취업준비로 마음의 여유가 없는 청년기에는 잠깐 책과 멀어질 수도 있겠지만, 어려서부터 즐거움이었던 책을 영영 놓지는 않을 겁니다.

순이를 찾아간 연이는 순이네 집에서 모여 있는 아이들을 만납니다. 연이가 순이에게 주었던 책들이, 연이가 열심히 적었던 이야기들이 또 다른 사람에게 읽히고 있는 모습을 보며 슬며시 그 옆에 앉지요. 이제 연이는 혼자 책 속에 빠져 있지 않습니다. 고무줄도 넘고, 개미도 구경하면서 새로운 이야기를 만들어내지요. 물론, 여전히 가장 좋아하는 건 책 읽기지만요.

여러분은 책을 왜 읽나요?
문득 그게 궁금해집니다.

'여우 누이'를 읽어주세요
『여우 누이』

누이동생은 재주를 홀딱, 홀딱, 홀딱 세 번 넘더니 꼬리가 아홉 개 달린 여우로 변했습니다. 그리고 외양간으로 가서 소 꽁무니에 손을 쑤욱 넣어, 간을 꺼내더니 한 입에 날름 먹어 버렸어요.

옛이야기 '여우 누이'는 여러 출판사에서 각각 다른 분위기의 그림책으로 출판되어 있지만 내용은 비슷합니다.

딸을 갖고 싶은 부부가 신령님께 빌고 빌어 막내딸을 낳았지요. 그런데 이 딸이 어느 정도 크고 나니 외양간에 말과 소가 죽어나가는 겁니다. 첫째 아들과 둘째 아들에게 원인을 알아보라 했지만 실패하고, 셋째 아들이 밤새 외양간 앞을 지키는데 그만 이런 장면을 목격한 것입니다.

이성실 글, 박완숙 그림, 보림

　부모님께 이 사실을 알렸지만, 부모님은 동생을 시기하는 나쁜 오빠라 여겨 셋째 아들을 집에서 쫓아내지요. 오빠는 여기저기를 떠돌다 하얀 병, 파란 병, 빨간 병을 얻어 고향집으로 돌아와요. 스님에게 얻어서 돌아왔다는 그림책도 있고, 자라를 구해 주고 받았다고 하는 그림책도 있어요. 옛이야기라 책마다 조금씩 내용이 다르지만, 어쨌거나 그렇게 세 개의 병을 들고 마을로 돌아옵니다.

　하지만 마을은 폐허가 되어 있었습니다. 가족들은 모두 사라지고 여우 누이만 집에 남아 있지요. 오빠는 죽을힘을 다해 말을 타고 도망가기 시작하고, 여우 누이는 오빠를 뒤쫓아 옵니다. 오빠는 하얀 병, 파란 병, 빨간 병을 차례로 던져 여우 누이를 물리칩니다.

옛이야기는 원래 입에서 입으로 전해 내려옵니다. 그 이야기를 시각적으로 볼 수 있게 만든 것이 옛이야기 그림책입니다. 옛이야기는 보는 사람의 시각에 따라 다양하게 해석되기도 합니다. '여우 누이'에 얽힌 오랜 이야기를 하나 꺼내보려 합니다.

"선생님, 우리 아이가 날마다 『여우 누이』만 읽어달라고 해요. 여기 도서관에 와서도 『여우 누이』만 읽어달라고 하고, 집에서도 이 책만 읽어달래요. 이렇게 같은 책을 계속 읽어줘도 괜찮은 걸까요? 얘는 도대체 왜 그러는 걸까요?"

걱정 어린 얼굴로 여름이 엄마가 물어왔습니다. 도서관에서 일하다 보면, 이렇게 아이들 문제에 대해 이런저런 상담을 해주곤 합니다. 적확한 답을 주기보다는 오랫동안 아이들을 만나온 경험과 짧게 공부한 아동심리, 그리고 독서에 대한 지식들을 총동원해서 의견을 나누는 게 전부였지만요.

여름이 엄마 고민을 들으면서 저도 모르게 '피식' 웃었습니다. 그리고 말했지요.

"괜찮아요. 여름이가 요즘 동생들 때문에 스트레스가 많은가 봐요. 그만 읽으라고 할 때까지 계속 읽어주세요. 아마 책에서 위안을 얻고 있는 모양이에요."

그때 여름이는 초등학교 1학년, 동생이 셋인 맏이였지요. 딸셋에 막내가 아들이었으니까 아무래도 아들을 낳고 싶은 마음이 컸거나 그래야 하는 까닭이 있었는지도 모르지만, 여름이 엄마는 어린아이들을 돌보느라 정신이 없었어요. 자연스레 동생을 돌보는 역할을 여름이가 나눠 맡았겠지요. 초등학교 1학년이면 무척 어린 나이인데 언제나 '언니'나 '누나'여야 했던 여름이. 그래도 여름이 엄마는 아이들에게 열심히 책을 읽어주는 바지런한 엄마였고, 여름이가 책을 읽어달라고 하면 특별한 경우를 제외하곤 열심히 읽어주었어요.

여름이에게 동생들은 '여우 누이' 같았을 거예요. 동생들은 여우 누이인데 부모님은 모르고 있을 뿐이죠. 안타깝지만 어쩔 수 없는 일. 여름이는 『여우 누이』를 읽는 것으로 자기 마음을 치유하고 있었던 거죠.

'책'이 가진 여러 장점 가운데 하나가 바로 '치유력'이에요. 나와 비슷하거나 전혀 다른 사람들의 삶을 보면서 내 마음에 위안을 얻는 거죠.

옛이야기는 오랫동안 사람의 입을 통해 전해지면서 다양한 은유를 통해 어떤 '상징성'을 갖게 돼요. 예를 들면 '콩쥐팥쥐'에서 콩쥐가 어려움을 겪을 때 도와주는 '암소'는 죽은 어머니의 환생적 존재로 해석될 수 있어요. 보통 옛이야기에 나오는 '암소'는 모성, 생산력, 어머니를 상징하고, '팥죽 할머니와 호랑이' 같은 이야기에 나오는 '호랑이'는 권력, 강한 힘, 지배자, 절대자 등의 의미로 상징되기도 합니다.

심리학자이자 옛이야기 전문가인 브루노 베텔하임 ^{Bruno Bettelheim} 은 『옛이야기의 매력』에서 옛이야기는 어린이들의 내면을 강화하여 어린이가 성장과정에서 만나는 난관을 극복하는 데 힘을 준다는 말을 하기도 했어요.

사실, 옛이야기는 그림책으로 보여주는 것보다는 이야기로 들려주는 게 훨씬 좋습니다. 그게 옛이야기가 가진 매력이기도 하지요. 그러나 이야기를 들려주는 일이 쉽지 않다면 다양한 옛이야기 그림책을 읽어주는 것도 좋지요. 전집으로 나온 옛이야기 그림책보다 한 권 한 권 공들여 만든 단행본 옛이야기 그림책을 권합니다. 옛이야기가 가진 다양한 상징을 잘 그려낸 그림책이라면 더 좋겠지요?

다양한 옛이야기 그림책을 통해 아이들이 자기 마음을 치유하기도 하고 스스로 단단해지는 힘을 얻는다면, 그것만큼 반가운 일은 없을 테니까요.

이쯤에서 여름이 이야기를 다시 꺼내봅니다. 처음 만났을 때 초등학교 1학년이었던 여름이는 이제 스물여섯 살이 되었습니다. 사실, 지금 여름이가 어떤 삶을 사는지 구체적으로 잘 알지 못합니다. 하지만 건너건너 들리는 소식으로는 열심히 아주 잘 살고 있다네요. 여름이가 어렸을 때 그렇게 좋아했던 '여우 누이'를 기억할지 모르겠어요. 그때 자기 마음을 치유받았다는 것도 기억하지 못할 수도 있고요.

　기억하든 기억하지 못하든 다 괜찮습니다. 그렇게 아이들은 자라니까요. 책은 아이들 삶 구석구석에서 자기 몫을 하고 잊히기도 하고, 사라지기도 할 테죠. 그래도 스며들듯 세포 어느 구석구석에 녹아나 있을 겁니다. 어떤 때는 삶을 지탱하는 힘이 되기도 하면서요.

실수할 기회를 주세요
『아름다운 실수』

한 번도 실수를 해보지 않은 사람은 한 번도 새로운 것을 시도한 적이 없는 사람이다. _알버트 아인슈타인

실수할 자유가 없는 자유란 가치가 없다. _마하트마 간디

우리가 하는 독창적인 일은 실수뿐이다. _빌리 조엘

세계 유명한 사람들도 이런 말을 했어요. 맞아요. 사람은 누구나 실수를 하고 그 실수를 통해 변하지요. 그래서 우리는 실수를 거듭하는 건지도 모르겠습니다.

『아름다운 실수』(코리나 루켄 지음, 김세실 옮김, 나는별)는 그림을 그리려다 생긴 실수로 이야기가 시작해요. 사람 얼굴에 눈을 그리려는데 '앗, 실수.' 한쪽 눈을 너무 크게 그린 거예요. 그래

코리나 루켄 지음, 김세실 옮김, 나는별

서 다른 쪽 눈을 다시 크게 그리려다 더 크게 그리는 실수를 했네요. 동그란 안경을 씌우니 그럴듯해요. 하지만 이번엔 팔꿈치는 뾰족하고 목은 너무 길게 그리는 실수를 했네요. 긴 목에는 장식을 덧대고 팔꿈치에도 장식을 그려요. 와, 괜찮은데요. 그런데 아이의 신발과 땅 사이가 너무 떨어져 있네요. 맞아요. 이것도 실수예요. 롤러스케이트를 신기면 어떨까요? 앗, 이번엔 아이 머리에 물감이 떨어져요. 뭐 괜찮아요. 아이 머리에 두건을 씌우면 되니까요.

그렇게 풍선을 들고 롤러스케이트를 탄 아이가 그려지고, 아이가 달려가는 앞에는 수많은 풍선을 든 아이들과 큰 나무가 그려져요. 그림은 계속되어요. 실수에 실수가 덧대지면서 아주 커다란 그림이 완성되어가요.

우리 아이들이 아주 어렸을 때를 생각해볼까요? 처음 일어서고 걸음마를 시작할 때 아이들은 줄곧 주저앉고 넘어지죠. 그럴 때 우린 아이들 앞에 서죠. 두 팔을 벌리고 이리 오라는 손짓을 합니다. 얼굴에는 온통 환한 웃음을 머금고요.

'괜찮아, 천천히 이리 와. 여기서 기다리고 있을게.'

하지만 아이들이 자라면서 우리 마음은 조금씩 변해갑니다. 가장 큰 변화는 시험지 위에서 일어나지요.

"이런 걸 실수로 틀리다니 말이 되니?"

저도 모르게 이런 말이 나옵니다. 눈꼬리가 올라가고 목소리는 커지지요.

'실수하면 안 되는구나.'

아이들에게 실수는 무서운 것이고 두려운 것이 되지요.

작은도서관에서 아이들을 만나면서 가장 많이 했던 말 가운데 하나는

"일단, 해보자."

였습니다. 해보고 안 되면 그때 가서 생각을 바꿔도 된다는 거였지요. 뒤따라 이런 말도 해주었습니다.

"괜찮아. 잘하려고 시작하는 게 아니야. 일단 해봐야 알 수 있으니 시작하는 거지."

이 말은 어느새 아이들 사이에서 문화가 되어갔어요. 그리고 그렇게 시작된 것이 바로 '어린이 기자단'이었지요. 어린이 기자

단은 아이들이 무엇이든 '스스로' 해볼 수 있도록 하는 게 목적이었어요. 약간의 교육을 마치고 나면 각자 정한 기삿거리를 가지고 기획 회의를 하고, 스스로 취재할 사람과 방법을 찾지요. 가끔 '이 사람을 찾아가 물어보면 될 거 같다'는 의견을 주지만, 그 사람을 섭외하는 것도, 그 사람을 만나러 가는 길을 찾고 만나는 것도, 글을 쓰는 것도 모두 아이들 몫이었어요. 편집을 제외한 모든 것을 아이들이 해냈죠.

기사를 쓰는 것보다 더 어려운 건, 그동안 자기가 하지 않았던 일을 해보는 거였어요. 누군가에게 만나달라는 전화를 하는 일은 물론이고 지하철을 타거나 버스를 타고 취재를 하러 가는 일도 모두 아이들이 처음 해보는 일이었거든요. 어린이 기자단은 양육자가 대신 전화를 해주거나 승용차로 취재 장소에 데려다주는 일은 허용되지 않았어요. 지금 생각하면, 아이들과 도서관을 믿어준 양육자들도 대단해요. 불안한 마음이 없진 않았을 거예요. '일단 기다려주자.' 다들 이런 마음이었겠지요.

한번은 같이 취재하러 나간 아이 둘이 돌아오지 않아 살짝 걱정이 되기 시작했어요.

"선생님, 여기 어딘지 모르겠어요. 마두동이라는 건 알겠는데, 어디서 버스를 타야 할지 모르겠어요."

"음, 지금 보이는 큰 건물이 뭐가 있는데? 혹시 육교 하나 보이지 않아?"

"아무것도 보이지 않아요."

"뭐라구? 아무것도 보이지 않는다고?"

취재를 하러 간 곳은 도서관에서 그다지 먼 곳도 아니었고, 취재처에서 나오면 바로 육교가 있고 그 육교 아래 버스 정류장이 있는 걸로 아는데⋯. 순간 오만가지 생각이 들었어요.

"선생님이 지금 갈게. 사람들에게 버스 정류장 위치를 물어보고 그 버스 정류장이 어딘지 알려줘."

허겁지겁 차를 몰고 가 도착했더니 아이들은 버스 정류장에서 얌전히 저를 기다리고 있더라고요.

"얘들아, 여기 바로 육교가 있잖아. 그런데 왜 아무것도 안 보인다고 했어?"

"어? 육교가 여기 있었네. 아까는 안 보였어요."

전 아무 말도 하지 않고 아이들을 데리고 도서관으로 돌아왔어요. 이 일은 곧 기자단 아이들에게 퍼졌고, 자기들끼리 '육교는 왜 보이지 않았을까?' 심각하게 논의를 벌이더라고요. 그러고 난 다음 아이들은 자기가 찾아가야 할 곳 지도를 그리기 시작했어요. 자기가 찾아갈 장소만 표시하는 게 아니라 돌아오는 길도 표시하기 시작했죠. 지도는 시간이 갈수록 정교해지기도 하고, 생략이 되기도 했어요. 사람들에게 길을 물어보는 방식을 익힌 아이들은 지도를 그리지 않기 시작했고, 쑥스러움이 많은 아이들은 더 자세히 지도를 만들었지요.

'보이지 않았던 육교'라는 '아름다운 실수'가 만들어낸 결과였어요. 나중에 성인이 된 아이들을 만나면 어김없이 나오는 이야기가 바로 '어린이 기자단' 얘기예요. '마감'에 대한 수다가 지나고 나면 '보이지 않았던 육교'에 대한 이야기도 나오곤 하죠.

"제가 겪어야 할 고난과 역경은 그때 다 겪은 거 같아요."

깔깔거리기도 하고,

"커서 생각해보니까 결과만 중요하지 않다는 걸 그때 배운 거 같아요. 실수해도 괜찮고, 잘못해도 괜찮다는 걸 알게 된 거니까요."

진지해지기도 합니다.

'아름다운 실수'들이 쌓여야 가능한 일들이 있어요. 대신 겪어줄 수도 없고, 그래서도 안 되는 일이지요. 이제 아이들도 알 거예요. 그날 왜 육교가 보이지 않았는지. 그리고 아이들뿐 아니라 어른들에게도 가끔 육교가 보이지 않는다는 것도 알게 되겠죠. 두려운 마음을 가라앉히고 눈을 비비고 보면 다시 보이게 된다는 것도요.

책 읽어주기에 대한 몇 가지 경험
『책 읽어주는 고릴라』

"애들아, 관장님 삐졌다. 우리 책 읽어주기 놀이나 하자."

이 얘기를 들었던 날을 작은도서관 활동을 하면서 가슴 뻐근하게 기분 좋았던 때로 기억합니다.

'책 읽어주기가 놀이가 된다니.'

낡은 주택가 건물 2층에 작은도서관을 만들고 가장 열심히 했던 활동은 '책 읽어주기'였습니다. 당시는 작은도서관에 다양한 활동을 할 수 있는 지원금을 주거나 공모사업이 있던 때가 아니었기 때문이기도 했지만, 이벤트성 프로그램보다 일상을 만들어가는 것이 중요하다 생각했기 때문이었어요. 우리 도서관에는 조금 이따 이야기할 '건빵 선생님의 책 읽어주기'를 제외하고 '어느 날 언제 책을 읽어줍니다'라는 문구가 없었지요. 정해놓은 날과 시간이 아니라 늘 읽어주었거든요.

김주현 지음, 보림

처음 오는 아이가 있으면 쓰윽 다가가 "책 읽어줄까?" 하고 말을 건넸고, 아이들이 뭔가 좀 지루해하는 분위기면 "책 읽어줄까?" 하고 큰 소리로 말했습니다. 새로운 책이 들어오거나 오늘 뭔가 재미난 책을 봤을 때도 말했지요.

"책 읽어줄까?"

그렇게 몇 년이 흘렀을까요? 하루종일 도서관에서 지내는 아이들이 많아졌을 무렵인가 봅니다. 도서관에 놓여 있던 인형들을 던지고 노는 아이들을 발견했습니다. 처음엔 낮은 목소리로 말했지요.

"책 읽는 사람에게는 방해가 되지 않게 놀아야지."

했는데, 알겠다고 냉큼 대답한 지 몇 분 되지 않아 또다시 인형이 날아다니고 신나게 지르는 소리가 들렸습니다. 눈꼬리를

95

치켜뜨고 노는 아이들에게 다가가 조용히 쳐다보았습니다. 그제야 아이들은 슬금슬금 제 눈치를 보더니 이렇게 말했습니다.

"얘들아, 관장님 삐졌다. 우리 책 읽어주기 놀이나 하자."

던지고 놀던 인형을 앉혀놓고 책을 읽어줍니다. 인형들이 반응이 없는 게 재미없었는지 서로 번갈아 책을 읽어줍니다. 이런저런 대꾸도 하면서 깔깔거립니다.

'책 읽어주기가 활동이 아닌 놀이가 되는 순간'인 것이지요. 그 후로도 아이들은 제 눈꼬리가 올라가는 분위기가 되면 '책 읽어주기 놀이'를 했습니다. 관장에게 혼나지 않는 놀이를 발견한 셈이지요. 그동안 열심히 책을 읽어준 결과라는 생각이 들어서 기뻤어요.

책 읽어주기가 이렇게 일상 문화가 된 데는 '건빵 선생님의 책 읽어주기'도 한몫했습니다. '건빵 선생님'은 제 오랜 동네 후배였습니다. 전기관리 일을 하는 친구인데 우리 도서관 전기 공사를 해주고 나서 제게 또 도와줄 일이 없냐고 물었습니다.

"아이들에게 책을 좀 읽어줘."

그때만 해도 남자가 책 읽어주기를 하는 사례는 흔하지 않았을뿐더러 아직 총각이었던 후배는 손사래를 쳤습니다. 하지만 결국 5년 가까이 일주일에 한 번 우리 도서관에서 아이들에게 책을 읽어줬습니다. 발음이 그다지 좋은 편이 아니었고, 책 읽어주기 경험이 없었던 후배는 맛깔나게 책을 읽어주지는 않았어요.

그런데 신기한 일이 벌어졌습니다. 매주 수요일 5시, 건빵 선생님이 책을 읽어주는 날에는 아이들이 바글바글한 겁니다. 4시 30분부터 아이들이 몰려들기 시작했고, 5시 즈음이면 늦을까 뛰어와서 헉헉거리는 아이들도 있었습니다.

'내가 훨씬 잘 읽어주는데 왜 그럴까?'

곰곰 생각해보았습니다. 그리고 알게 되었습니다. '책 읽어주기'는 책에 적힌 텍스트를 전달하는 게 아니라 '관계'가 맺어지는 순간이라는 걸요. 자기 일이 있는데도 매수 수요일만 되면 어김없이 나타나 땀을 뻘뻘 흘리며 진지하게 책을 읽어주는 건빵 선생님의 진심이 아이들에게 전달되고 있는 거였지요. '책을 잘 읽어준다'는 것은 목소리를 흉내 내 구연하듯 읽어주는 게 아니라는 걸 알게 된 시간이었습니다. 혹시라도 책을 맛깔나게 읽어주지 못해 고민이라면 더 이상 그런 생각은 하지 않으셔도 됩니다. 가장 편안한 상태에서 자기 목소리로 진심을 담아 읽어주면 되니까요. 그림책 『책 읽어주는 고릴라』(김주현 지음, 보림)에 나오는 고릴라처럼요.

초코 바닐라 아이스크림보다 변신 합체 로봇보다 책 읽기를 더 좋아하는 고릴라가 있습니다. 책 속에 묻혀 살던 고릴라는 어느 날 결심합니다. 이렇게 재미난 책을 읽지 못하는 사람들에게 책을 읽어주어야겠다고.

고릴라는 눈이 침침한 코끼리 할아버지, 몸이 아파 외출을 못하는 여우 할머니, 글자를 모르는 하마 아저씨에게 책을 읽어주기로 합니다. 하지만 고릴라에게는 치명적인 약점이 있었으니, 책만 펼쳤다 하면 이야기 속으로 완전히 빠져든다는 점이었습니다. 그래도 고릴라는 열심히 책을 읽어주었습니다. 한 번도 눈물 흘린 적 없는 코끼리 할아버지 눈에서 눈물이 나오는가 하면, 사랑 한 번 해본 적 없는 여우 할머니 가슴을 뛰게도 만들지요. 모험을 좋아하는 하마 아저씨 집에서는 약간의 사고가 있었지만요.

고릴라는 알게 되었을 거예요. '책 읽어주기' 자체가 가진 힘을요. '책 읽어주기'는 책을 매개로 감정을 나누고 공감하는 것이라는 걸 말이지요. '책'이 주는 감동을 '상대'와 나누는 것. 그 즐거움이 얼마나 큰지요.

우리 도서관의 '책 읽어주는 의자'는 그렇게 책을 읽어주는 대상을 만들어내는 도구이자 장소였어요. 목공을 하는 동네 어른이 도서관에 필요한 게 뭐냐고 물어오셨죠. 저는 등받이가 긴 의자를 하나 만들어달라고 부탁했어요. 특별히 이유가 있던 건 아니고, 그냥 다른 모양 의자가 하나 있으면 좋겠다는 단순한 생각이었어요. 그 의자를 어떻게 쓸까 곰곰 생각하다가 '책 읽어주는 의자'라고 써 붙여놓았죠. '누구나 이 의자에 앉으면 책을 읽어줘야 한다. 잠깐 앉아도 읽어줘야 한다'는 단서를 붙여서요.

'책 읽어주는 의자'는 예상외로 인기 만점이었어요. 아이들이 서로 의자에 앉아 책을 읽어주는 것도 보기 좋았지만, 무엇보다 아름다운 광경은 동네 엄마들이 '내 아이'가 아닌 '동네 아이들'에게 책을 읽어주기 시작했다는 거예요. 내 아이에게 책을 읽어주려고 그 의자에 앉으면 주변으로 우르르 아이들이 몰려들었고, 자연스럽게 동네 아이들에게 책을 읽어주게 되는 거죠. 처음엔 쭈뼛쭈뼛하던 엄마들도 나중에는 여러 아이들에게 책을 읽어줄 때는 책을 어떻게 잡아야 하는지, 어떻게 읽어주면 더 재미날지 궁리하기 시작했어요. 동네 아이들이 눈에 들어오고 관계가 생기는 순간이기도 했지요.

여러분은 누구에게 책을 읽어주시나요? 언제 어디서 어떻게 읽어주시나요? 만약, 이런 질문에 정확히 답을 할 수 있다면 다시 한번만 더 생각해봐 주세요. 책 읽어주기만큼은 특정 대상과 특정 시간, 특정 장소를 정하지 않고 무엇에도 구애받지 않을 수 있는 거니까요. 내 아이만이 아닌 동네 아이들에게, 아니 아이들뿐 아니라 어른들에게도 읽어줄 수 있고 언제 어디서든 책만 있으면 함께할 수 있는 '책 읽어주기'.

오늘 한번 해보시는 건 어때요?

같이 빈둥거려볼래요?
『줄줄이 꿴 호랑이』

작은도서관에서 좀 이상한 프로젝트를 한 일이 있습니다.

'빈둥거리거나 책 읽거나.'

아이들이 20분 동안 빈둥거리거나 책을 읽으면 도장을 하나씩 찍어주는 프로젝트였습니다. 도장 50개를 모으면 동네 작은 문구점과 협약해서 만든 문구 구입 상품권 하나를 줬습니다. 작은 공책이나 연필 정도를 살 수 있는 상품권이었지만 아이들은 기대감으로 가득 찼습니다.

하지만 한 가지 문제가 있었습니다. 아이들은 빈둥거리는 게 뭔지 모른다는 것.

"빈둥거리는 게 뭐예요?"

거의 모든 아이가 물어왔습니다.

"응, 그건 말이지."

권문희 지음, 사계절

그럼 전 호기롭게 대답하고 책을 한 권 읽어주었습니다.

『줄줄이 꿴 호랑이』(권문희 지음, 사계절)라는 옛이야기 그림
책입니다.

옛날에 게으른 아이가 있었어요. 아랫목에서 밥 먹고 윗목
에서 똥 싸고, 아랫목에서 밥 먹고 윗목에서 똥 싸고, 일이라
고는 아무것도 하지 않았지요. 하루는 어머니가 소리를 질렀
어요.

"너는 아랫목에서 밥 먹고 윗목에서 똥 싸고. 아랫목에서
밥 먹고 윗목에서 똥만 싸고 있냐?"

게으른 아이가 대답했어요.

"괭이가 있어야 땅을 파지요."

다음 날, 어머니는 괭이를 얻어다 주었어요.

"이 책에 나오는 아이처럼 방 안을 뒹굴뒹굴 굴러다니면서 이런저런 생각을 하는 게 빈둥거리는 거야."

하고 설명해주면 아이들은

"그럼, 빈둥거릴래요!"

하고는 도서관 바닥에 누워 굴러다니기 시작했습니다.

"그렇게 빨리 굴러다니기만 하는 게 아닌데? 친구와 얘기하면서 굴러다니는 것도 아니고. 여기서 중요한 건 이런저런 생각을 하는 거야. 생각."

하고 짚어주면

"어떤 생각이요?"

대답이 돌아왔습니다.

"어떤 생각이어도 괜찮아."

"……."

한가롭게 빈둥거리고 도장을 모아보려던 아이들은 대부분 10분을 채 견디지 못하고 이렇게 말했습니다.

"아, 못하겠어요. 그냥 차라리 책 읽을래요."

책을 읽겠다는 게 반가운 소리이긴 했지만, 어쩐지 씁쓸하기도 했습니다.

『줄줄이 꿴 호랑이』에 나오는 아이는 어머니가 가져다준 괭이로 땅을 파고 온 동네 똥을 모읍니다. 그리고 거기 참깨를 뿌리지요. 새싹이 돋아나자 아이는 하나만 남기고 다 뽑아냅니다. 얼마 지나지 않아 엄청난 참깨 나무가 자라고 아이는 참깨를 수확해 참기름을 짜내지요. 기름을 짜낸 아이는 강아지 한 마리를 기름에 절여 밧줄을 길게 꿰어 묶어놓습니다.

고소한 기름 냄새를 맡은 호랑이들이 강아지를 꿀꺽 삼키지만, 기름에 절여 미끌미끌해진 강아지는 호랑이 똥구멍으로 쏙 빠져나오고 그다음 호랑이가 또 꿀꺽 삼키지만 또 똥구멍으로 쏙 빠져나오고. 결국 줄줄이 꿰어진 호랑이를 팔아 아이와 엄마, 그리고 강아지는 잘 먹고 잘 살게 되었답니다.

'아랫목에서 밥 먹고 윗목에서 똥 싸고, 아랫목에서 밥 먹고 윗목에서 똥 싸고, 일이라고는 아무것도 하지 않았지요.'

사실 이 대목에서 놓치지 말아야 하는 말은 '일'이라는 낱말입니다.

'일'은 하지 않았지만, 아이는 다른 걸 했으니까요. 바로 '상상하기'입니다. 머릿속으로 참깨도 심어보고 호랑이도 꿰어보면서 온갖 생각을 다 했겠지요. 그런 시간을 충분히 지냈기 때문에 어머니가 주는 괭이 한 자루로 그 큰 '일'을 해낼 수 있었을 테지요.

그러나 현실 속 우리 아이들은 그럴 시간이 없습니다. 할 '일'

103

이 너무 많습니다. 배워야 할 것은 점점 더 늘어납니다. 이제는 영어, 수학뿐만 아니라 코딩도 배워야 한답니다. 컴퓨터 언어가 중요하기 때문이지요. AI가 등장하면서 더 각광받는 분위기입니다.

문제는 이렇게 배운 지식정보들이 우리 아이들이 자랐을 때도 유용할 것인가 하는 것입니다. 제 생각입니다만, 다 써먹지도 못하고 세상은 또 바뀔 가능성이 많은데 말입니다.

빈둥거리는 걸 좋아하는 저에 비해 우리 언니는 참 바지런한 사람이었습니다. 대학 4년 동안 취업 준비도 착실히 했지요. 지금은 이름도 생소한 주산, 부기, 타자 관련 자격증을 모조리 취득했습니다. 타자 자격증의 경우 영타, 한타 자격증을 모두 겸비했고요. 하지만 언니가 대학을 졸업할 즈음 컴퓨터라는 게 세상에 나오고 맙니다. 타자기는 무용지물이 되었습니다. 부기도, 주산도 다 필요없는 것들이 되었지요.

언니뿐 아니었습니다. 아이들에게 열심히 영어를 가르치면 아이들이 커서 뭐라도 될 거라 생각한 우리에게 저절로 번역을 해주는 스마트폰 어플은 놀라움의 극치였습니다.

앞으로 세상은 어떻게 달라질까요? 어떻게 될지 모르는 먼 미래에 좋은 직업을 갖기 위해 배우는 것들이 과연 그때도 쓸모 있을까요? 아니, 그 직업이 남아 있기나 할까요?

빈둥거리기.

뒹굴거리며 생각하지 못하는 아이들에게 우리가 주어야 할 것은 '일'이 아니라 '시간'입니다. 아이들이 '아랫목에서 밥 먹고 윗목에서 똥 싸고, 아랫목에서 밥 먹고 윗목에서 똥 쌀 시간' 말입니다. 그렇게 충분히 빈둥거린 아이들은 말할 것입니다.

"괭이 한 자루 주세요.."

생각해보면 그 시간을 견뎌내는 건 아이들이 아니라, 어른들 몫인 거 같습니다. 같이 빈둥거리면 참 좋겠습니다. 아마 쉽진 않겠지만 말입니다.

어린이는 다른 존재입니다
『밀어내라』

"학교에서는 선생님 말씀 잘 듣고, 집에서는 부모님 말씀 잘 들어라."

어린 시절, 어른들은 지갑을 열어 용돈을 주거나 세뱃돈을 줄라치면 꼭 이런 말씀을 하셨습니다. 그럼 저는 "네" 하고 고개를 꾸벅 숙이며 장난삼아 생각했습니다.

'일단, 귀로 잘 들으면 되는 거지 뭐.'

누구도 마음에 새겨듣지 않는다는 걸 뻔히 알면서 어른이 된 저 역시 습관적으로 이 말을 하곤 합니다. 도서관에서 방긋 웃는 아이를 만날 때, 뭔가 심부름을 해주는 아이들에게 저도 모르게 나오는 말입니다.

"아휴, 어른들 말도 잘 듣고. 착한 어린이네."

그러곤 흠칫 놀랍니다. 이런 거짓말을 하다니요.

이상옥 글, 조원희 그림, 한솔수북

"어른들 말 잘 들어라."

쓰는 사람은 인식하고 있지 못하지만, 이 말 속에는 '어린이'
는 '부족한 존재, 모자란 존재'라는 뜻이 내포되어 있습니다. 그
러니 나름 완전한 존재인 어른들 말을 잘 따라야 올바르다는 거
지요. 지극히 어른 중심적 사고가 그대로 녹아 있는 말입니다.
어른들끼리니 우리 솔직히 말해봅시다. 진짜 어른들 말을 잘 들
으면 되는 건가요?

그림책 『밀어내라』(이상옥 글, 조원희 그림, 한솔수북)를 한 장
펼치면, 긴 막대를 든 어른 펭귄들이 줄지어 어디론가 가고 있는
장면이 나옵니다. 자기들이 사는 8자 얼음섬에 들어오려는 다른
동물들을 밀어내기 위해서입니다.

"우리와 다른 펭귄은 오지 마라."

눈에 힘을 주고 막대기를 듭니다. 밀어냅니다. 왜 그러냐는 어린 펭귄들 질문에

"우리와 다르다."
"곰들이 무거워서 얼음이 녹는다."
"물개들이 너무 많이 먹는다."

갖가지 이유를 댑니다. 밀어냅니다. 그런데 어느 순간 8자 얼음섬 가운데가 쩌저적 갈라집니다. 어린 펭귄들이 소리치지만, 밀어내기에 열중인 어른들 귀에 어린이들 목소리는 들리지 않는 것 같습니다. 그렇게 어른 펭귄들과 어린 펭귄들은 갈라집니다.

어린 펭귄들은 어떻게 살아갈까요? 그런데 이상하게 하나도 걱정되지 않습니다. 오히려 더 잘 살지도 모르겠다는 생각까지 듭니다. 사실, 어른 펭귄들이 누군가를 그렇게 밀어내고 있는 동안, 어린 펭귄들은 한쪽에서 다른 동물들과 놀고 있었습니다. 문어와 먹물 놀이도 하고, 서로 함께 먹을 것도 나누지요. '같이 사는 법'을 아는 것입니다. 어른들 말을 잘 듣고 같이 밀어냈더라면 볼 수 없었을 풍경이지요.

1922년, 우리나라에서 '어린이'를 부족하거나 모자란 존재가

아니라 하나의 인격체로 대하자는 운동을 벌인 사람이 있습니다. 네, 다 아시는 그 분 맞습니다. 방정환 선생님입니다. 방정환 선생님 주장으로 만들어졌다는 어린이날은 2022년 100주년을 맞았습니다. 100년 동안 많은 것이 변했지만, 어린이를 '부족한 존재'로 인식하는 태도는 여전히 변하지 않은 것 같습니다.

뭔가에 새로 입문하여 잘못하는 어른을 일컫는 '~린이'라는 표현도 그러한 생각에서 나온 말입니다. 한참 유행하고 지금도 쓰이는 '요린이' '주린이'가 대표적이지요. '요린이'는 요리초보자들을 일컫는 말이고, '주린이'는 주식초보자들에게 붙여진 말이랍니다.

세계 최초 어린이 인권 선언문이라고 알려진 1922년 어린이날 선전문과 1923년 어린이 선언문에는 이런 말들이 있습니다.

'어린이를 내려다보지 마시고 치어다보아 주시오.'
'어린이에게 경어를 쓰시되 늘 보드랍게 하여 주시오.'
'이발이나 목욕 같은 것을 때맞춰 하도록 하여 주시오.'
'잠자는 것과 운동하는 것을 충분히 하게 하여 주시오.'
'산보와 원족 같은 것을 가끔가끔 시켜 주시오.'
'어린이를 책망하실 때는 쉽게 성만 내지 마시고 자세자세 타일러 주시오.'
'어린이들이 서로 모여 즐겁게 놀 만한 놀이터와 기관 같

은 것을 지어 주시오.'

이처럼 어린이를 하나의 인격체로 볼 것을 이야기하고 있습니다. 또한, 아주 멋진 말도 나옵니다.

'대우주의 뇌신경의 말초는 늙은이에게 있지 아니하고 젊은이에게도 있지 아니하고 오직 어린이 그들에게만 있는 것을 늘 생각하여 주시오.'

이 말은 어린이와 어른은 엄연히 다른 존재라는 걸 말해줍니다. '대우주의 뇌신경의 말초'를 가지고 있는 사람은 어린이뿐이라는 말. 인정하지 않을 수 없습니다.

그림책 『밀어내라』에는 문어와 먹물 놀이를 하던 어린 펭귄이 먹물을 뒤집어써서 어른 펭귄과 다른 모습을 한 채 이렇게 말하는 장면이 나옵니다.

"엄마 아빠 이것 봐요."
"우리도 이제 달라요."

정말 대단한 아이들입니다. 이 멋진 말을 밀어내기 급급한 어른들이 듣지 못한 게 아쉽기만 합니다. 저도 어린이들에게 한마디 하고 싶어졌습니다.

어린이들이여, 이제 어른들을 밀어내세요. 그리고 이렇게 말하면 됩니다.

"우린 다른 존재예요. 당신들이 누군가를 밀어냈던 것처럼 우리도 당신들을 밀어내려고요. 그러니 이제 안녕."

뭐, 이 말도 어른인 제가 하는 말이니 무시해도 좋겠습니다.

정말 어른들은 왜 그런 걸까
『어른들은 왜 그래?』

37.8도.

체온계를 열심히 흔들어 다시 재도 마찬가지였습니다. 얼른 휴대전화를 열어 '코로나19 증상'을 검색했습니다. 발열, 인후통. 그러고 보니 목도 아픈 것 같았습니다.

지난 며칠간의 일들이 영화처럼 스쳐갔습니다. 문구점, 도서관, 전자기기 대리점, 식당, 편의점…. 만났던 사람들의 얼굴도 떠올랐습니다. 아는 사람들에 이어 나를 스치고 지났던 모르는 사람들.

'그래, 그 대리점 아저씨. 마스크를 제대로 쓰고 있었던가?'

'문구점 아줌마, 물건 계산할 때 장갑을 끼고 있었던기?'

1339. 질병관리청에 전화를 걸었습니다. 늦은 밤이라 그런지

윌리엄 스타이그 지음, 조세현 옮김, 비룡소

전화를 받지 않았습니다. 고양시 보건소로 전화를 걸었습니다. 당직자가 전화를 받는데, 일단 해열제를 먹으라고 합니다. 그리고 다음 날에도 열이 떨어지지 않으면 검사를 받으러 오라 하면서요. 약을 먹고 누웠습니다. 여전히 온몸이 뜨거웠습니다.

'정말 코로나19에 걸렸으면 어떻게 하지? 나에게 왜 이런 일이 생긴 걸까?'

그러면서 계속 지난 며칠 동안 만났던 낯선 사람들을 떠올렸습니다. 누군가 나에게 바이러스를 전파했다면 가만두지 않으리라.

아침. 열이 떨어졌습니다. 36.8도. 다행이었습니다. 하룻밤이었지만 그 어느 때보다 공포가 큰 시간이었습니다. 아픈 것보다 내가 감염원이 될까 더 무서웠거든요. 그동안 혹시나 다른 사람들에게 피해가 되지 않을까 진전긍긍하면서 살았으니까요.

그런데 코로나19 바이러스 확산이 한참이던 2020년 8월 15일에 광화문에서 대규모 시위를 주도한 사람과 그곳에 참석한 사람들이 있었습니다. 큰 피해가 있을 수 있으니 시위를 자제해달라 해도 막무가내였고, 그렇다면 시위 참여 이후 반드시 검사를 받아달라는 요청도 소용이 없었습니다. 자기 신분을 밝히지도 않고 심지어 검사받기를 거부하기도 했고요. 결국, 감염원이 될 수도 있는 사람들이 바로 일상생활을 하기 시작했고, 그날 이후 특정할 수 없는 사람들로 바이러스가 전파되고 불특정 다수가 감염원이 되어버렸습니다.

수많은 일정들이 취소되었습니다. 겨우겨우 버티던 자영업자, 예술가, 프리랜서들을 비롯한 많은 사람들은 절망에 빠졌습니다. 모두가 마음을 모아 코로나19 상황을 빨리 극복하기 위해 애쓰고 있다는 생각으로 버텨왔는데 말입니다. '조심해야 한다'는 사회적 책임감이 '나만 조심하고 있다'는 상실감으로, 분노로 이어져 버렸습니다.

『어른들은 왜 그래?』(윌리엄 스타이그 지음, 조세현 옮김, 비룡소)에는 아이들이 본 어른들 모습이 그대로 담겨 있습니다.

어른들은 있잖아. 우리가 행복하길 원한대. 어른들은 자기들도 어릴 적이 있었대. 하지만 우리를 혼내는 걸 좋아해.

어른들은 깨끗한 손을 좋아해. 그러면서 아무 때나 뽀뽀해
달래.

여기까지는 웃으며 볼 수 있지만, 책장을 넘기다 보면 어느새
얼굴이 굳어지기 시작합니다.

어른들은 늘 토론만 해. 게다가 전화기를 꿰차고 있어.

어른들은 세상이 어떻게 돌아가는지 알고 싶어 해. 하지만
뭘 물어보면 대답해 주길 싫어해.

어른들은 머리가 아프대.

2003년도에 나온 책이지만, '어른'들 모습은 하나도 변하지
않았다는 걸 알아차린 순간이었습니다.

어렸을 때 빨리 어른이 되고 싶어 하는 나에게 주변 어른들은
같은 말을 했습니다.

'어른이 되어서 뭐 하게? 어른이 되면 다 자기 마음대로 할 수
있을 거 같지? 안 그래. 어른이 된다는 건 그만큼 책임이 뒤따르
는 거야.'

그때는 그 말이 뭔지 잘 몰랐습니다. 우리에게는 '이거 하지
마라 저거 하지 마라' 하면서 자기들은 다 하는 어른들이 그냥

115

잘난 척하는 소리라고 생각했습니다.

어른이 되고 나서 그 말이 무슨 뜻인지는 알게 되었지만, 동의
하기 쉽지 않았습니다. 책임지는 어른보다 그렇지 않은 어른이
훨씬 더 많다는 걸 알게 되었으니까요.

1925년 간디는 '일곱 가지 사회악'에 대해 이야기했습니다.
첫 번째, 원칙 없는 정치Politics without principle, 두 번째, 노동 없는 부Wealth
without work, 세 번째, 양심 없는 쾌락Pleasure without conscience, 네 번째, 인격
없는 교육Knowledge without character, 다섯 번째, 도덕 없는 경제Commerce without
morality, 여섯 번째, 인간성 없는 과학Science without humanity, 마지막으로
희생 없는 신앙Worship without sacrifice입니다.

이후 그의 손자 아룬 간디는 이 리스트에 '책임 없는 권리'Rights
without Responsibilities를 추가합니다. 권리만 주장하고 책임지지 않는 것
도 심각한 사회악이라는 거지요.

듣고 보니 모두 어른들에게 하는 말 같습니다. 이런 '사회악'
을 만드는 것도 혹은 만들지 않는 것도 모두 어른의 몫이니까요.

오랜 인류의 역사 속에서 어른들은 많은 권리를 위해 싸워왔
습니다. 모두가 일해서 생긴 부를 함께 나눌 권리를 위해 싸웠
고, 좋은 교육환경에서 배울 권리를 위해 싸웠습니다. 모두가 투
표할 권리를 위해 싸웠고, 모두 함께 행복할 권리를 위해 싸워왔
습니다. 그 덕분에 우리는 좀 더 나은 세상에서 살아가고 있는지
모르겠습니다. 그렇다면 이제는 그 권리에 따르는 책임도 생각

해봐야 합니다.

'내가 책임지면 될 거 아니야.'

큰소리만 칠 게 아니라 어른들이 어떻게 책임질 것인지도 말해야 합니다.

'어른들은 왜 그래?'

어렸을 때 제가 그랬던 것처럼 아이들은 세속 물어올 것입니다. 그때 우리는 어떤 대답을 할 수 있을까요?

임금님의 마지막 소원은 무엇이었을까
『너무너무 공주』

"그래서 우리 아이는 중학교부터는 대안학교를 보낼까 하는데, 선생님 생각은 어떠세요?"

어느 초등학교에서 책 읽기 교육을 마치고 난 뒤 학부모 한 분이 질문을 해왔습니다.

'우리 아이들이 성장한 미래 사회는 어떻게 될지 모른다. 그러니 현재를 기준으로, 부모의 시선을 기준으로 아이를 보지 말자. 어릴 때부터 행복해지는 방법을 알아야 나중에도 행복할 수 있다. 결국 스스로 생각하고 결정하는 힘을 갖도록 돕는 게 부모가 할 일이다. 그래서 책 읽기가 중요하다.'

뭐 이런 취지의 강의를 마친 뒤였습니다.

"그건 제가 아니고 아이에게 먼저 물어야 할 것 같은데요?"

질문에 대한 제 대답이었습니다.

허은미 글, 서현 그림, 만만한책방

우리 부모 세대 트라우마는 공부를 하지 못한 것이었습니다. 그래서 자식들은 열심히 가르쳐서 대학을 보내면 행복해질 거라 믿었지요. 허리띠를 졸라매고 열심히 일을 했습니다. 하지만 그렇게 해서 대학을 나온 아이들은 행복해지지 않았지요. 우리 세대 트라우마는 영어였습니다. 영어를 잘하는 아이들이 대기업에 취직도 하고, 다른 나라에 가서 살기도 하는 모습을 보면서 우리는 아이들에게 미친 듯이 영어를 가르쳤습니다. 혀를 수술해주기도 하고, 비싼 영어유치원에 보내기도 했습니다. 심지어 중고등학교 때도 안 하던 영어를 열심히 공부해서 집에서 영어를 사용하기도 했지요. 그렇게 되면 아이들이 행복해질 거라 믿으면서요.

그러나 우리 아이들이 자라고 난 지금은 스마트폰 하나만 있

119

으면 세계 여러 나라 사람들과 대화를 할 수 있는 세상이 되었습니다. 번역기는 점점 더 다양해지고 정확해졌습니다. 심지어 텍스트에 스마트폰을 대면 바로 번역이 되어 나오는 세상으로 변해버렸습니다. 그렇게도 멋진 직업으로 보였던 동시통역사는 '사라질 직업군' 상위에 오르는 신세가 되었지요. 누구나 우리 아이들이 성인이 된 세상은 완전히 달라질 거라 말합니다. 고민이 되기 시작합니다. 그럼 지금 우리는 아이들에게 뭘 가르쳐야 할까요?

너무너무 공주는 너무너무 평범한 공주였습니다. 못생기지도 예쁘지도 않았고, 못되지도 착하지도 않았고, 똑똑하지도 멍청하지도 않았습니다. 그런 공주를 보고 까막까치들은 떠들기 시작합니다.

"평범해 평범해. 얼굴도 평범해. 성격도 평범해. 머리도 평범해. 너무너무 평범해."

공주를 너무 사랑한 임금님은

'저렇게 평범하기만 하면 행복해질 수 없을 거다.'

걱정하기 시작하고, 임금님의 한숨 소리를 들은 잉어는 수염

세 가닥을 내어주며 수염 하나에 소원이 하나씩 이루어진다고 말합니다. 단, 소원을 빌 때마다 임금님은 늙고 쭈글쭈글해질 거라는 말과 함께요.

임금님은 공주를 위해 자기가 늙는 것은 아무렇지도 않다고 생각하고 차례로 '예쁜 공주가 돼라' 소원을 빌고, '착한 공주가 돼라' 소원을 빕니다. 그동안 임금님은 쭈글쭈글하게 늙어갑니다. 하지만 착하고 예뻐진 공주는 행복해 보이지 않았습니다. 그런 공주를 지켜보던 임금님은 마지막 소원을 빕니다. 소원이 이루어진 걸까요? 공주는 잘 웃고 즐거워 보이기 시작합니다. 그런데 이상합니다. 그런 공주 모습이 낯설지 않은 것입니다. 예전에 예쁘지도 못생기지도, 착하지도 못되지도, 멍청하지도 똑똑하지도 않았던 그 모습 그대로 돌아간 것 같았습니다. 그 옆에 늙고 쭈글쭈글해진 임금님만 달라져 있을 뿐이었지요.

과연 임금님의 세 번째 소원은 무엇이었을까요? 그림책 『너무너무 공주』(허은미 글, 서현 그림, 만만한책방)는 마지막까지 세 번째 소원이 뭐였는지 말해주지 않습니다. 그저 독자들 판단에 맡길 뿐입니다.

'미래'를 위해 투자한다고 하지만, 사실 그 미래는 아무도 모릅니다. 아이들은 스스로 생각할 기회를 잃고 어른들이 짜놓은 인생 설계도에 따라 모두가 딱 '스무 살'에 대학 가는 꿈을 꿉니다. 없어질지도 모르는 직업을 '장래 희망'이라 말하고, 직업으로 대변되는 장래 희망을 위해 행복하지 않은 현재를 살아갑니다. 예뻐져야 하고 착해져야 한다고 믿는 임금님의 소원은 공주를 공주가 아닌 다른 사람으로 만들었고, 그런 공주는 행복하지 않았습니다.

이쯤에서 상상해봅니다. 임금님의 마지막 소원은 무엇이었을까요? 다시 원래대로 돌아간 공주는 어떤 삶을 살게 될까요? 있는 그대로를 인정하고 기다려주는 임금님과 함께 살게 되었을 테니 더 행복해졌을 겁니다.

지금은 평범해 보이는 공주이지만, 조금 헤매고 더디더라도 결국은 스스로 행복해지는 길을 찾아갈 거라 믿습니다. 그것이 임금님 기준과 좀 다를 수는 있겠지요. 하지만 괜찮지 않을까요? 공주는 임금님이 아니라 자기 인생을 살아가기 위해 태어난 존재이니까요.

그런데 그러기 위해서는 반드시 필요한 게 하나 더 있습니다. 더 이상 까막까치들 말에 흔들려서는 안 된다는 것입니다.

까막까치들은 원래 남의 말하기 좋아하고 참견하기만 좋아하는 존재들입니다.

"평범해 평범해. 얼굴도 평범해. 성격도 평범해. 머리도 평범해. 너무너무 평범해."

애초 시작부터 까막까치들 말에 흔들린 탓일지 모릅니다. 그 이후에도 임금님은 계속 까막까치들 말에 휘둘립니다. 결국, 임금님은 혼자 쭈글쭈글하게 늙고 아까운 잉어 수염만 낭비해버린 것입니다.

자, 이제 우리도 소원을 빌 때입니다. 이미 잉어 수염 두 가닥은 벌써 써버리고 우리 손에는 한 가닥만 남았을지 모를 일이지요. 그렇다면 우리는 우리 아이들을 위해 어떤 마지막 소원을 빌어야 할까요? 여러분은 뭐라고 빌 생각이십니까?

너는 오늘 어떤 좋은 질문을 했니
『왜요?』

작은도서관에서 일할 때 있었던 일입니다.

"관장님, 화장실 가도 돼요?"

"뭐라고? 그걸 왜 나한테 물어보니?"

"그럼 누구한테 물어봐요?"

아이는 난처한 얼굴로 저를 쳐다봤습니다. 그냥 가라고 하면 될 텐데 문득 궁금해져서 물었습니다.

"내가 안 된다고 하면 안 갈 거야?"

"……"

더 곤란하게 하면 안 되겠다 싶어 얼른 다녀오라고 했습니다. 그제야 후다닥 화장실로 뛰어가는 아이.

왜 그랬을까요? 지금이 학교 수업 시간도 아니고, 더군다나 혼자서 책을 읽다가 굳이 데스크에 앉아 있는 저에게 와서 묻는

린제이 캠프 글, 토니 로스 그림,
바리 옮김, 베틀북

이유가 궁금해졌습니다. 화장실에 다녀온 아이에게 웃으며 물었습니다.

"여기서는 그냥 자유롭게 왔다 갔다 해도 되는데 왜 화장실 가도 되냐고 물어봤어?"

"그냥 가면 혼날까 봐요."

아이의 답에 한 번 더 놀랐습니다.

'혼. 날. 까. 봐.'라니.

사실 이런 일이 아주 특별한 일은 아니었습니다. 몇 년 전부터 아이들 질문이 부쩍 늘었거든요. 뭔가 궁금하게 생각하고 물어본다는 건 굉장히 고무적인 일이긴 합니다. 하지만 내용이 문제입니다. 거의 대부분

"이거 해도 돼요?"

125

이기 때문입니다.

"이거 둥그렇게 오려도 돼요?"

"이거 먹어도 돼요?"

"이거 갖다 버리면 돼요?"

"이거 빌려가도 돼요?"

이런 식의 질문이거든요. 무엇인가 답을 찾아가는 질문이 아니라 정해진 답에 허락을 바라는 질문뿐이었습니다.

여기 하루에도 몇 번씩 "왜요?" 하고 묻는 아이가 있었습니다. 『왜요?』(린제이 캠프 글, 토니 로스 그림, 바리 옮김, 베틀북)에 나오는 릴리입니다.

"그거야 네 바지가 젖을까 봐…."

"왜요?"

"그야 어제 비가 와서 잔디가 젖었으니까."

"왜요?"

아빠는 대부분 친절하게 대답해주지만, 하루 종일 묻는 릴리에게 가끔은 너무 화가 날 때가 있습니다. 그래도 릴리는 묻고 또 묻습니다.

"왜요?"

그러던 어느 날, 지구를 침략하기 위해 외계인이 찾아옵니다.

"지구인들아, 우리는 너희를 정복하러 왔다."

모두가 무서워 벌벌 떨지만 릴리는 또 물어봅니다.

"왜요?"

릴리의 질문에 대답해주던 외계인들은 문득 깨닫게 됩니다. 자신들 역시 황제가 시켜서 왔을 뿐 실제로는 지구를 공격할 마음이 없다는 걸. 그래서 외계인들은 고향별로 돌아가 다시 한번 생각해보기로 하지요.

'질문'이라는 점에서는 같지만, 아이들이 도서관에서 저에게 하는 질문과 릴리의 질문은 좀 다릅니다. 아이들 질문의 목적이 정해놓은 답을 확인하는 것이라면 릴리의 질문은 좀 더 근원적이지요. '네, 아니요'를 구하는 질문에 비해 '왜요?'는 맥락을 묻는 질문이기 때문입니다. 맥락을 묻는 질문은 '진실'을 맞이할 확률이 높습니다. 질문에 답하다가 보면 스스로 답을 찾게 되는 것이니까요. 원래 질문은 대답하는 사람을 통해 답을 구하는 것이 목적입니다. 그렇기 때문에 좋은 답을 얻기 위해서는 좋은 질문이 필요합니다.

노벨 물리학상을 받은 이시도어 라비[Isidor Rabi]는

"자녀가 학교를 다녀오면 대부분 '오늘은 뭘 배웠니?'라고 묻지만, 우리 어머니는 이렇게 물어보셨습니다. '오늘은 선생님께 어떤 좋은 질문을 했니?' 그게 나를 과학자로 만든 힘이었습니다."

라고 말했습니다. 어쩌면 이시도어 라비 어머니의 질문이 최고의 질문이 아닌가 싶습니다.

"너는 오늘 어떤 좋은 질문을 했니?"

문득, 여러 장면이 스치고 지나갑니다. 가장 많이 떠오르는 장면은 여러 기자회견이었습니다. 또 어느 감사나 청문회 장면들이기도 하고요. 굳이 비교하고 싶은 건 아니지만, 우리나라 기자들이 묻는 질문과 외국 기자들의 질문은 질적으로 달라 보일 때가 많습니다. 시도의회나 국회의원들이 하는 감사나 청문회 장면들도 마찬가지이지요. 볼 때마다 물 한 모금 없이 고구마 100개를 꾸역꾸역 먹은 듯한 답답함에 빠지곤 합니다. 공통적으로 들었던 생각은 '어쩌면 저렇게 질문을 못할까?' 하는 것이었습니다.

'그렇다면, ~님은 ~다고 보시는지요?'

'잘못했다고 생각하십니까?'

기자들의 질문은 거의 대부분 '네, 아니오'로 답할 수 있는 것들뿐이었습니다. 구체적으로 무엇이 잘못되었고, 그래서 앞으로 어떻게 할 것이고 해결책은 무엇인지 조목조목 묻는 경우가

거의 없더라고요.

감사나 청문회장도 마찬가지입니다. 주장인지, 질문인지 알 수 없는 이야기들만 오갑니다. 질문하는 사람이 원하는 답을 정해놓고 그 답을 말하지 않으면 안 된다는 질문은 이미 질문이 아닙니다. 좋은 질문은 좋은 대답을 만듭니다. '어떤 질문을 할까' 보다 '어떻게 질문을 할 것인가' 하는 노력이 필요합니다.

아인슈타인은 말했습니다.

"만약 내가 한 시간 동안 문제를 해결해야 한다면 난 55분을 훌륭한 질문을 찾고 결정하는 데 보낼 것이다."

우리는 좋은 질문을 찾기 위해 어떤 공을 들이고 있을까요?

여러분에게 질문해봅니다. 저에게도 같은 질문을 합니다.

○

'어떻게 살아야 할지 모르겠습니다.'

어쩌면 이 말은 죽을 때까지 하게 될 거 같습니다.

그래도 이렇게 생각하면서 살아가는 게 얼마나 대견합니까? '사유하는 삶'을 살겠다는 거니까요. 그림책을 손에서 놓지 않는 것도 이런 까닭에서입니다.

'그래서?' 그림책이 자꾸 말을 걸어오거든요. 그럼, 자꾸 생각이라는 길 하게 됩니다. 꼭 결론을 내는 게 아니더라도 내 삶을 한번 돌아보게 됩니다. 가끔은 '너 참 잘하고 있다' 스스로 칭찬도 해주고 '그런데 이건 좀 아니잖아' 질책도 해봅니다.

그러다 보면, 조금은 지혜로워지는 느낌이 듭니다. 엄청나게 멋진 사람은 아니어도 나쁜 사람은 아닐 수 있을 거 같습니다. 여러분은 어떤가요? 오늘 그림책 한 권을 펴고 찬찬히 들여다보는 건 어때요? 눈으로만 보지 말고 그림책이 걸어오는 말에 귀도 기울이면서요.

○

3

그림책이 나에게
던지는 질문

~~~~~

그림책은 참으로 오묘하다.

0세부터 100세까지 즐길 수 있다.

크기가 작거나 얇은 책이라 해도

그 속에 담긴 세계는 더 없이 넓고 깊다.

- 가와이 하야오

빨리, 더 **빨리!**

이하진 지음, 『오래 달리기』, 킨더랜드.

갑자기 세상이 뒤집힌다면

『키오스크』

갑자기 올가의 세상이 뒤집혔어요!

세상이 뒤집히면 어떤 일이 벌어질까요? 절망, 좌절, 그리고 소멸. 끝나버리는 줄 알았는데, 그렇지 않았습니다. 올가는 자기의 세상이라고 여겼던 '키오스크'를 들어 올립니다. 그리고 새로운 세계로 움직입니다.

『키오스크』(아네테 멜레세 지음, 김서정 옮김, 미래아이)의 주인공 올가는 길거리에 있는 소형 매점 '키오스크'에서 온종일을 지냅니다. 여기서 말하는 '키오스크'는 요즘 흔히 식당에서 볼 수 있는 무인결제 단말기를 말하는 것은 아닙니다. 이슬람 건축에서 흔히 볼 수 있는 원형 정자로 길거리 간이 가판대나 소형 매점을 말합니다.

아네테 멜레세 지음, 김서정 옮김,
미래아이

올가는 늘 친절합니다. 손님들이 담배연기를 내뿜어도 그러려니 생각하고, 긴 하소연도 열심히 들어줍니다. 올가에게 '키오스크'는 '일상'이고 '인생'입니다.

사실, 올가에게는 꿈이 있습니다. '석양이 황홀한 바다'에 가보는 것. 하지만 현실은 녹록지 않습니다. 자기 일상이자 인생인 키오스크에 꽉 끼어 나올 수 없는 몸이거든요. 그래도 올가는 친절히 손님을 맞이하는 일을 하고 여전히 바다를 꿈꿉니다.

그러던 어느 날, 과자를 훔치는 소년들을 잡으려던 올가는 그만 키오스크와 함께 쓰러지고 맙니다. 세상이 쓰러진 것입니다. 그렇게 모든 게 무너졌다고 생각했을 때 올가는 키오스크를 붙잡고 일어섭니다. 그리고 그때서야 알게 됩니다. 자기가 키오스크를 움직일 수 있다는 걸. 하지만 키오스크를 움직일 수 있게 된 올가는 다리를 건너다 강물에 빠져버립니다. '자기 자리를 떠나니 다시 시련이 생겼구나' 생각하는 순간, 올가는 편안해집니다. 강물에 몸을 맡기고 비로소 제대로 누워서 쉽니다. 그리고 꿈꾸던 바다에 도착합니다.

그 뒤 올가의 삶은 어떻게 달라졌을까요? 다 이야기하면 그림책을 보는 재미가 덜할 테니 더 이상 말하지 않겠습니다. 궁금하면 그림책에서 꼭 확인해보시기 바랍니다. 다만 '다른 올가가 되었다'고 해두겠습니다.

이 책을 보면서 '어쩌면 지금 내가 사는 세상도 올가의 키오스크는 아닐까' 생각이 들었습니다.

'먹고 자고 일한다.'

'지금 하는 일이 내 미래와 세상에 꼭 필요한 일이라 여긴다.'

'힘들어도 참는다.'

'내일을 위한 오늘의 희생'은 어쩌면 당연한 거니까요.

'어떤 미래를 꿈꾸냐?'

누가 물으면 잠깐 고개를 갸웃하게 됩니다. 하고 싶은 건 너무 많습니다. 작은 오두막집에서 편안하게 먹고 자는 삶을 살고 싶기도 하고, 더 늦기 전에 악기 하나를 제대로 연주하고 싶기도 합니다. 실컷 책을 읽고 쓰는 삶도 소망해봅니다. 모두들 그런 꿈은 하나씩 갖고 사는 거 아닐까요? 그런 꿈도 없으면 어떻게 세상을 살까요. 하지만 지금은 아니라 생각합니다. 바쁘거든요.

내일을 위해 오늘은 참아야지요. 스스로 '키오스크'에 들어가 문을 잠그고 몸을 불리고 있는 겁니다. 그 안에 끼어 나오지 못하게 되어버리는데도요. 그게 내 세상이 되어버리는지도 모르면서요.

철학자 질 들뢰즈^{Gilles Deleuze}가 말했습니다.

"지금의 나와 다른 삶을 살고 싶다면, 리셋^{reset}하라."

들뢰즈는 '아장스망^{agencement}'이라는 개념을 들어 이를 설명합니다. 아장스망은 '배치'를 의미하는 프랑스어이기도 합니다. 들뢰즈가 말하는 '리셋'은 재배치를 말하는 것입니다. 지금의 나는 이미 여러 사회적 관계와 환경 속에 존재하고 있습니다. 다른 삶을 살고 싶다고 모든 것을 없애고 다른 내가 되는 '창조'는 가능하지 않다는 것이지요. 하지만 '유'에서 '유'를 만드는 '생성'은 가능하다는 게 들뢰즈의 말입니다. 나의 삶을 재배치하기 위해서는 '포기'도 필요합니다. 어떤 것을 버리고 얻을 것인가 결정해야 합니다. 사실 쉽지 않은 일입니다.

결국 내가 사는 키오스크를 뒤집어야 가능한 일인 것 같습니다. 그래야 올가처럼 꿈에 그리던 노을 지는 바다에 갈 수 있으니까요. 거기서도 키오스크 안의 삶은 이어질 테지만, '다른 나'로 존재하게 될 겁니다. 이제는 나 스스로 키오스크를 뒤집을 수도, 움직일 수도 있는 방법도 알고 있으니까요.

'갑자기 세상이 뒤집혔어요!'

괜찮습니다. 이제 시작입니다.

137

앞이 아니라 옆을 보면서
『오래달리기』

2021년 7월 1일. 저는 그동안의 작은도서관 활동을 정리하고, '고양시립일산도서관' 관장이 되었습니다. 휴대전화 메모장을 이런저런 계획으로 가득 채우며 부푼 꿈을 안고 출근했습니다.

생각과 많이 달랐습니다. 쉽지 않을 거라 마음을 다잡아왔지만, 마주친 현실은 생각보다 엄혹했습니다. 일단, 도서관 입구를 들어서는 사람들 표정이 작은도서관에서 만났던 사람들과 많이 달랐습니다.

9시에 도서관을 문을 열 때 나가서 "안녕하세요?" 말을 건네도 대꾸를 해주는 사람이 거의 없었습니다. 가끔 눈인사를 하는 사람도 있었지만, 거의 대부분은 그냥 스쳐 지나갔습니다.

며칠 뒤 민원이 들어왔습니다.

'부담스러우니 인사하지 마라.'

이하진 지음, 킨더랜드

코로나19가 만연하던 시기라 사회적 거리두기가 잘 되는지
도 봐야 하고 순서대로 입장하도록 안전관리를 하기 위한 이유
도 있었지만, 작은도서관에서 일할 때는 이용자와 눈 마주치면
서 인사를 하는 게 큰 즐거움이어서 그랬던 건데, 어쩐지 앞으로
녹록지 않겠다는 생각이 들었습니다.

짐만 두고 두세 시간 자리를 비우는 사람들, 사회적 거리두기
때문에 비워놓은 자리에 굳이 앉겠다는 사람들, 신문 놓는 시간
이 왜 이렇게 늦냐, 너무 덥다, 춥다 여러 소리가 들려왔습니다.
공공도서관에 대한 사회적 인식이 아직도 '개인 공부방'에 머물
러 있는 탓에 아침부터 공부하는 사람으로 좌석이 다 채워져버
리는 것도 큰일이었습니다. '책 읽을 자리'가 너무 없었습니다.

직원 수는 적고 일은 많다 보니 휴가는 제대로 가지도 못하고, 날마다 야근을 하는 직원들도 안타까웠습니다. 몸도 그랬지만, 마음이 고되기 시작했습니다.

급했습니다. 일단, 관장직을 보장받은 시간은 2년 6개월. 이 길지 않은 시간 동안 다양한 활동도 하고 싶었고 도서관 분위기도 바꾸고 싶었습니다. 하지만 뭔가 공을 들여 기획하고 진행할 여유도 없이 하루하루가 정신없이 흘러가고 있었습니다. 이제 막 호흡을 맞추기 시작해서 그런지 직원들도 마음대로 움직여 주지 않는 것 같았습니다. 서로 생각도 많이 다른 것처럼 느껴졌고요. 가슴이 답답했습니다.

『오래달리기』(이하진 지음, 킨더랜드)의 책장을 열면 다섯 마리 동물들이 달리기를 시작합니다. 힘차고, 빠르게. 그러다 만난 오르막길. 이 정도는 끄떡없다고 넘어섰지만, 곧바로 커다란 강이 나타납니다. 겨우 넘어섰을 때는 깜깜한 어둠도 만납니다. 그래도 동물들은 끊임없이 달립니다.

그런데 어느 장면부터 뭔가 달라진 모습이 등장합니다. 돕기 시작한 것입니다. 손을 잡기 시작하고 주변 풍경을 보며 잠시 쉬기도 합니다. 그래도 달리기는 멈추지 않습니다. 빨리 달리기가 아니라 오래달리기를 터득한 동물들이 어떻게 달려야 하는지 알게 된 것입니다. 서로 눈을 마주치고 고개를 끄덕이기도 하면서 계속 달립니다.

이 책을 보면서 유난히 눈에 들어오는 동물이 있었습니다. '준비 땅' 하자마자 휙 뛰어나가는 녀석, 토끼였습니다.

토끼는 맨 앞에 서서 오르막길까지 앞만 보고 달립니다. 하지만, 내리막길에서 뒤처져 더 이상 맨 앞에 서지 못하지요. 비가 내리는 장면에서 모두 나무에 기대어 쉴 때도 토끼는 동료를 보지 않고 있습니다.

그러던 토끼가 맨 뒤에 설 때가 있었습니다. 뒤로 처져 힘들어하는 양을 밀어주기 위해서입니다. 토끼는 그렇게 변해가고 있었습니다. 그리고 마지막 결승선에 오를 때 토끼는 더 이상 앞을 보지 않습니다. 함께하는 동료를 쳐다보며 처음으로 웃고 있었습니다.

저는 토끼처럼 휑하니 먼저 뛰어나가 달리고 있었던 겁니다. 그러다 바로 만난 오르막길에서 헥헥거리기 시작한 것이지요. 마음만 급해 앞만 보며 서둘러 오르막길을 오르는 토끼. 그게 지금 내 모습은 아닌가 생각되었습니다. 곧 다리에 힘이 풀릴 걸 알면서도 앞서서 뛰고 있었습니다. 그러지 않으면 무슨 큰일이라도 날 것처럼.

단거리달리기 하는 방법과 오래달리기 하는 방법은 많이 다르다고 합니다. 쓰는 근육도 호흡법도 다 다르다고 해요. 단거리 달리기를 할 때는 순간적으로 온몸에 힘을 주는 근력이 필요하기 때문에 그에 맞는 근력 훈련을 해야 하고, 오래달리기를 할 때는 최대한 몸에 힘을 빼고 달려야 하기 때문에 힘을 빼는 훈련을 해야 한대요. 호흡의 경우에도 단거리 달리기는 숨을 참고 달리는 무산소 호흡을 한다면, 오래달리기는 산소를 한 번에 많이 마시고 조금 내뱉는 계획적인 호흡이 필요하다는 거지요.

오래달리기.
이제부터라도 힘을 빼는 연습이 필요하다는 걸 알았습니다. 규칙적으로 호흡을 해야 하는 것도 알게 되었고요. 무엇보다 그동안 혼자 앞서 달리기를 해왔던 마음을 내려놓고 옆에 있는 사람들과 '함께' 달릴 결심이 필요했습니다. 그렇게 해야 마지막 결승선에도 함께 들어갈 수 있을 테니까요.

그림책 처음에

나는 힘차게 달려요.
빨리 더 빨리.

이렇게 시작한 책은 중간쯤부터

나는 용기를 냈어요. 함께라서 두렵지 않아요.

라는 말로 바뀌어 있었습니다. 오래달리기를 하고 있다가 사방에 어둠이 몰려와 깜깜한 밤을 지내야 할 때 나온 문장이었습니다.

앞이 아니라 옆을 봐야 한다는 걸 깨달았습니다. 이제 고작 오르막길을 달리기 시작한 순간일 뿐이었습니다. 곧 큰 강을 만나고 어둠을 만나게 될 겁니다. 그레도 옆을 보고 손잡고 갈 수 있다면, 춤추며 갈 수 있다면 그것으로 충분하지 않을까요?

오~래달리기니까요.

나는 오늘 어떤 하루를 보냈는가
『염소 시즈카의 숙연한 하루』

'벌써?'

요즘 시계를 볼 때마다 깜짝깜짝 놀라는 일이 늘었습니다. 하루가 너무 빨리 가거든요. 그때마다 생각합니다.

'하루가 24시간이 아니라 25시간이면 좋겠다.'

그렇게만 되면 책도 좀 보고, 생각도 좀 하면서 의미 있는 하루를 보낼 수 있을 텐데 말입니다. 그런데 정말 하루의 시간이 늘어난다면 말이에요. 내가 꿈꾸던 삶을 살 수 있을까요?

『염소 시즈카의 숙연한 하루』(다시마 세이조 지음, 황진희 옮김, 책빛)는 염소 시즈카의 하루를 담은 그림책입니다. 강에서 만난 메기는 시즈카에게 숙연해지는 노래를 불러줍니다.

다시마 세이조 지음, 황진희 옮김, 책빛

숙연하다는 건 무엇일까?

　그때부터 시즈카는 '숙연하다'는 말이 뭔지 생각하게 됩니다. 생각에 잠긴 시즈카의 눈에 노래 부르던 매미가 갑자기 툭 떨어지는 모습이 보입니다. 그러자 곧 개미들이 몰려와 매미를 끌고 가지요. 개미들을 따라가던 시즈카는 거미줄에 알알이 맺힌 이슬방울을 보게 됩니다. 너무도 아름다운 모습이었지요. 정말 많은 것이 궁금해진 시즈카가 두꺼비와 메추라기에게 질문을 하지만, 그들은 너무도 바쁘기만 합니다. 고민에 빠졌던 시즈카가 문득 고개를 드니 꽃봉오리가 보여요. 시즈카는 아무 생각 없이 꽃봉오리를 덥석, 먹어버리지요. 아직 피지 못한 꽃봉오리를 먹어버린 시즈카는 깜짝 놀랍니다.

145

책을 읽다가 턱을 괴고 잠시 시즈카의 질문을 떠올려봅니다.

아침 이슬은 왜 보이지 않는 곳에서 반짝일까?
매미는 죽으면 노래하지 않는 걸까?

아름다움에 대한 고민, 죽음과 예술에 대한 생각. 깊은 생각에 빠졌던 시즈카지만, 결국 눈앞에 바로 핀 꽃봉오리를 먹어버리고 말지요. 마치 '삶은 원래 그런 거야' 말하는 것처럼요.

나에게 질문을 던져봅니다.

'아침 이슬은 보이지 않는 곳에서 반짝이기 때문에 더 아름다운 건 아닐까? 원래 보이지 않는 곳에서 빛나는 것이 더 아름답기도 하잖아. 아니지. 아름답다는 건 그 자체를 누군가 평가해주어야 하는 건데, 보이지 않는데 어떻게 아름답다는 표현을 할 수 있겠어. 아름다움이라는 건 평가하는 게 아니야. 그 존재 자체를 의미하는 거지.'

'그런데 예술도 죽는 게 가능한가? 예술가는 죽어도 예술 자체가 죽는 건 아니지. 하지만 모든 예술이 영원불변하다고 말할 수 있나? 그렇게 생각하면 시대에 따라 예술도 죽는다고 할 수 있지 않을까? 하지만 예술이 살고, 예술이 죽었다는 건 누가 결정할 수 있는 거지? 그 시대 문화가 결정하는 건가? 그건 말이 안 되지. 시대에 따라 예술 작품을 보는 시각이 달라지긴 하지

만, 그것으로 예술이 살고 죽는다고 말할 수는 없잖아.'

그런데 그때 제 눈앞에 있는 컴퓨터가 보입니다. 이런, 어제 쓰다 만 사업계획서 반쪽이 아직 남아 있지 뭡니까? 나도 모르게 서둘러 키보드에 손가락을 갖다 댑니다. 모니터에 얼굴을 디밀고 손가락으로 자판을 두드립니다. 바쁜 삶 속 어느 한 틈에 '숙연'은 존재하지도 않았던 것처럼 말입니다.

며칠이 지나고, 문득 궁금해져서 '숙연하다'라는 말을 사전에서 찾아보았습니다.

엄숙할 숙(肅), 그러할 연(然).

한자말을 풀어봅니다. '엄숙할 숙(肅)' 자는 '수놓다'가 본래 뜻이라고 하네요. 자수를 놓기 전에 천에 붓으로 본을 뜨는데, 그 모습을 본따서 만든 글자가 '엄숙할 숙(肅)' 자라는 겁니다.

'세상에. 수를 놓으려고 붓을 잡고 밑그림을 그리고 있는 모습이라니.'

저는 수를 놓지는 않지만, 순간 그림에 색을 칠하기 전, 밑그림을 그릴 때가 떠올랐습니다. 도서관에 있는 드로잉 동아리 담당자가 되고 나서 가끔 동아리 사람들과 같이 그림을 그렸거든요. 일단 무엇을 그릴까 결정을 하고 나면, 호흡을 가다듬고 정신을 집중합니다. 밑그림을 잘 그려야 완성도 있는 그림이 된다는 걸 너무 잘 알고 있으니까요. 그래서 어느 때보다 연필을 쥔 손가락에 집중하게 됩니다.

147

눈을 가만히 감았다 뜹니다. 그리고 눈 끝을 연필심에 멈추지요. 다시 크게 숨을 들이키고 참은 뒤 선을 그어갑니다. 그러다 보면 그냥 '집중'한다는 말로만 표현하기 아까운 순간이 옵니다. 주변의 소음이 사라지고 연필로 선을 긋는 소리만 들립니다. 어떤 것도 보이지 않고 선 하나만 보입니다.

아, 어쩌면 그 순간이 바로 '숙연'한 때를 말하는 건 아닐까요? 사실, 그 시간은 그리 길지 않아도 됩니다. 잠깐의 집중. 잠깐의 호흡. 그리고 잠깐의 손놀림이면 되지요.

어쩌면, 그렇게 나에게 집중하는 시간이 있는가 없는가에 따라 숙연한 하루가 되기도 하고, 그냥 지나가는 하루가 되기도 하는 건 아닌가 싶습니다.

우리에겐 '나를 위해 존재하는 시간'이 필요합니다. 하루란 그냥 숫자로 매겨진 24시간이 아니라, 내 삶의 한 조각이니까요. 아침에 일어나 씻고 화장하고 옷을 갈아입고 운전해서 출근하고, 도서관 문을 열고 대출반납을 하고, 쌓여 있는 서류들을 들춰보고 결재를 하고, 이번 달에는 어떤 프로그램을 할까 회의를 하고 사업계획서를 쓰고 나면 저녁이 됩니다. 야근을 하는 경우가 많지만, 어쩌다 일찍 퇴근하는 날은 마트에 들러 장을 보지요. 소파에 길게 누워 넷플릭스를 틀어놓고, 핸드폰을 들여다봅니다. 사고 싶은 물건이 보입니다. 더 싸게 파는 곳은 없나 이곳저곳을 뒤지다가 가장 싼 곳에 가서 카드를 긁고 나면 어느새 잘 시간이 되어버립니다. 계속 뭔가 생각하고 움직이지만 정작 숙연해질 틈은 주지 않지요.

이슬의 아름다움에 대해 고민하고, 노래하던 매미에 대해 생각하고, 그렇게 나에게 집중하는 시간을 쌓아가는 과정이 바로 삶인데 말입니다.

그림책 속 염소 시즈카는 자기도 모르게 꽃봉오리를 먹어버리고 눈물을 흘립니다. 왜 그랬을까요? 본능처럼 꽃봉오리를 먹어버렸지만, 아직 피지도 않은 꽃봉오리에 대해 여러 감상이 들었을 테지요. 아마 이슬과 매미에 대해 생각하는 시간이 없었더라면 흘리지 않았을 눈물일지도 모릅니다.

문득 나도 물어봅니다.

'나는 오늘 어떤 하루를 보냈는가? 한 틈이라도 숙연한 때가 있었는가?'

나는 나에게 집중하는 시간을 쌓아가는 삶을 살고 있는가?

우리는 무엇을 잊으며 살아가고 있는 걸까
『너였구나』

공공도서관 관장으로 일하기 한 해 전의 일입니다. 별일이 없던 설날, 아침부터 대청소를 했습니다.

짐으로 가득 차 곰팡이가 피려 하는 방을 숨 쉬게 하려는 의도였습니다. 그동안 차곡차곡 모아두었던 각종 자료와 보지 않는 책, 쓰지 않는 물건을 쓰레기봉투와 재활용품 상자에 쓸어 담았지요. 처음엔 뭉텅이로 버렸는데, 차츰 손이 느려지고 눈에 들어오는 것들이 있었습니다.

'어? 이건 그때 내가 쓴 기사를 모은 거잖아.'

대학을 졸업하고 저는 바로 취직을 하지 않았습니다. '한국민주청년단체협의회' 줄여서 '한청협'이라 불렀던 청년단체에서 상근간사로 일하기 시작했지요. 전국에 있는 청년단체들이 모여 만든 조직이었습니다. 급여가 제대로 나올 리 없었기 때문에

전미화 지음, 문학동네

아는 선배 소개로 그 당시 막 생긴 작은 방송국에서 구성작가 일을 병행했어요. 피곤한 삶이었지만, 그럭저럭 견딜 만했어요.

그러다 20대 중반, 한청협을 정리하고 지역에서 활동하겠다 결심하고 지역신문사에 들어갔지요. 아주 작은 지역신문사라 급여는 쥐꼬리만 했지만, 지역을 이해하기에 지역신문사만큼 좋은 곳은 없다고 생각했거든요. 그런데 방을 치우면서 그때 썼던 기사가 담긴 신문 뭉치를 발견한 거예요.

계속 뒤져보니 '한청협'에서 일할 때 만든 소식지도 몇 장 보이고, 20대 후반에 고양시로 이사를 와서 몸담았던 청년회 자료도 나오더라고요. 30대 초반 '어린이도서연구회'라는 어린이책 전문 단체 신입회원이 되었을 때 교육받은 자료, 30대 초·중반 작은도서관을 운영하면서 학교 밖 글쓰기 선생으로 살던 시절,

아이들과 쓴 글 모음집, 글쓰기 선생님이 되려던 사람들을 지도하던 교육자료들, 아동문학과 그림책 공부하던 복사물, 아동심리 공부한다고 모은 독일어 원서 민담 자료까지….

구석구석 어디다 그 많은 것들을 모아놨는지 계속 옛날 자료들이 나오더군요. 참 많이 모아놨다 싶었지요. 종이 재활용 박스에 넣었던 것을 하나씩 다시 꺼내기 시작했어요. 아무래도 못 버리겠더라고요. 나중에 국을 끓여 먹더라도 가지고 있어야지.

청소를 하다 말고 생각에 잠겼습니다. 손에 든 종이뭉치들이 그림책 『너였구나』(전미화 지음, 문학동네)에 불쑥 찾아온 한 마리 공룡 같았습니다.

"안녕! 오랜만이야!"

처음 보는 공룡이 인사를 합니다. 같이 밥을 먹고, 잠을 자고, 영화도 보고, 탁구를 치지만 도무지 누군지 모르겠습니다. 그래서 묻습니다.

"너 누구야?"

그날 공룡은 밥도 안 먹고 하염없이 앉아만 있었습니다. 사과하고 싶었지만, 뭘 잘못한 건지 알 수가 없습니다. 기분을 풀어주기 위해 찾아간 놀이동산. 기분이 좋아진 공룡이 말합니다.

"잊힌다는 게 힘들까? 잊는 게 힘들까?"

공룡의 이야기를 듣다가 순간들이 흩어지고 멈춥니다. 그제야 기억 속 친구가 보입니다.

"아, 너였구나."

눈을 감아 그때의 시간을 기억합니다.

나는 무엇을 기억하고 무엇을 잊으며 살아가고 있는 걸까?

한참 잠을 설치는 일이 잦아지던 때였습니다. 갑자기 두려움이 엄습해 와 숨이 잘 쉬어지지 않는 순간이 늘어가던 때였고요. 눈물이 많아지고 멍하니 허공을 바라보는 틈이 늘어났습니다. 이게 다 시간이 많아져서라니 그 핑계가 참 놀랍기만 했지요.

꽤 오랜 기간 정신없이 살았습니다. 작은도서관을 운영하면서 주로 '관장'이라는 이름으로 불렸지만, 사실상 프리랜서여서 갖고 있는 직함과 직책, 한 번에 일하는 분야도 네댓 가지였어요. 작은도서관 관련 협회에서 정책팀장 역할도 했고, 문화예술 분야 기획자로도 일하고 있었거든요. 그림책 강의, 독서교육 강의, 작은도서관 운영 관련 여러 강의도 하러 다녔기 때문에 늘

하루가 모자랐지요. 꼭 돈을 벌기 위해서만은 아니었지만, 작은 도서관 운영비를 버는 일도 제 몫의 일부였기 때문에 더 바빴던 것 같아요. 눈 뜨면 일하고 그러다 쓰러지면 자는 삶이었습니다.

해마다 연말이면 '내년엔 이렇게 살지 말아야지' 하고 결심을 적지만, 며칠 가지 않아 또 촌각을 다투며 살고는 했습니다. 그렇게 바쁜 하루하루를 살다가 드디어 정말 그렇게 살지 않게 되는 때가 만들어진 것이었습니다. 이런저런 직함들도 직책들도 내려놓고 일도 대폭 줄였습니다. 설이 지나고 2월이 되면 꿈에 그리던 때가 오는 것이었습니다.

시간이 여유 있는 삶, 피곤하지 않은 그런 삶을 꿈꾸었는데, 진짜 그런 삶을 살게 된 게 너무도 불안해졌습니다. 이러다 내 할 일이 없어지는 건 아닌지, 나는 직함과 직책과 일로 존재하던 사람인데, 그걸 확 줄이면 다들 나를 잊는 건 아닌지.

'아무도 나를 불러주지 않으면 어떡하지.'

숨이 안 쉬어지고 심장이 두근거렸습니다.

한참 혼란스럽던 그때 버리려던 종이뭉치 안에서 과거의 나와 만나버린 겁니다. 지나간 시간을 떠올려봤습니다. 생각해보니 20대에도, 30대에도, 40대에도 나는 조금씩 다른 일을 하면서 존재해왔더라구요. 하지만 어느 때도 의미 없는 삶을 살진 않았어요. 청년단체 간사, 구성작가, 지역신문사 기자, 지역 청년회 부회장, 글쓰기 선생님, 작은도서관 관장, 작은도서관협회 정책팀장, 문화예술기획자까지. 지금 하는 일을 내려놓는다 해도 또 다르게 50대를 살겠구나 싶었습니다. 그렇게 시간을 보내고 나면 나를 기록한 종이뭉치 몇 장이 늘어나 있겠구나 했고요.

초조함과 불안함은 익숙함을 벗어날 때 생긴 감정일 뿐, 기억에 없다고 존재가 사라지는 건 아니라는 생각이 들었습니다. 우리는 때마다 종이뭉치로 남고 공룡으로 존재합니다. 나중에 남을 종이뭉치와 공룡을 위해 지금 좀 더 아침을 늘어지게 자도 괜찮습니다. 그동안 머리맡에 두고 읽지 못한 책을 마음껏 읽어보는 것도 좋고요. 하루쯤은 아무 일도 하지 않고 침대에 누워 종일 멍하니 천장만 바라보는 건 어떨까요?

다 괜찮습니다. 어차피 삶은 나를 그냥 놔두지 않을 테니까요.

155

구부리고 경계를 넘어가면

『파도야 놀자』

2022년 3월, 그림책을 사랑하는 우리나라 사람들에게 놀라운 일이 생겼습니다. 아니, 사실은 그림책을 좋아하지 않아도 모두에게 놀라운 일이었지만요.

이수지 작가가 한국 작가 최초로 아동문학계의 노벨상이라 불리는 한스 크리스티안 안데르센상을 수상했다는 소식이 전해졌거든요. 세계에는 그림책 관련 상이 굉장히 다양하고 많지만, 한스 크리스티안 안데르센상은 한 작품이 아니라 작가 전 생애에 걸친 업적을 토대로 수상자를 선정하기 때문에 남다른 의미를 가집니다. 아동문학계의 노벨상이라 부르는 이유도 그 때문이지요.

이수지 작가와 한 시대를 같이 살고, 그가 내는 신간을 만날 수 있다는 것도 복받은 일이 아닌가 생각해보곤 합니다.

이수지 지음, 비룡소

이수지 작가 책에는 글자 없는 그림책이 많은데요. 『파도야 놀자』(이수지 지음, 비룡소)도 그런 책 가운데 하나입니다.

책을 펼치면, 가름선¹ 왼쪽 면에는 흑백으로 그려진 여자아이 가, 오른쪽 면에는 파란색으로 칠한 파도가 보입니다. 아이는 자기 자리에 서서 파도를 놀리지요. 역시 자기 자리에서 철썩이는 파도. 아이는 조심스레 가운데 선을 넘어 파도 쪽으로 몸을 옮기기 시작합니다. 이윽고 파도가 있는 자리로 넘어간 아이는 파도와 놀기 시작하지요. 그리고 웃습니다. 파도도 따라 웃지요. 하

---

1 가름선 : 여기서는 그림책 책장과 책장 사이 가운데 선을 말함.

지만 그도 잠시. 큰 파도가 다가오고 아이는 원래 자기 자리로 후다닥 뛰어갑니다. 파도도 따라옵니다. 그 순간, 아이의 옷은 파랗게 변합니다. 아이가 있던 자리, 모래 군데군데 파랑이 보이지요. 파도와 아이가 섞이는 순간입니다. 아이가 웃습니다. 파도도 웃지요.

책 속 아이는 경계를 넘나들며 파도와 섞여 놀고 어우러졌지만, 어쩌면 우리는 영영 파도와 놀지 못하고 죽을지도 모르겠다는 생각이 들었습니다. 파도는 바로 내 옆에 있지만, 가름선을 넘어야 만날 수 있기 때문입니다. 그런데 우리는 그 선을 넘어갈 생각을 하지 않습니다. 오히려 서로 보이지도 않는 가름선을 사이에 대고 서로 욕하고 놀립니다. 손가락질을 하다가 온갖 저주를 퍼붓기도 합니다.

이런 일은 특히 선거 전후가 되면 더 두드러지는 현상입니다. 지방선거 때 우리 주변 곳곳에 가름선이 생기는 걸 발견합니다. 그러고 나면 국회의원 선거 때 또 가름선이 그어지지요. 대통령 선거가 다가올 때도 마찬가지입니다. 선거가 끝나고 나면 어떨까요? 이미 생긴 가름선들이 더 굵어지기도 하고, 없었던 선들이 새로 생기기도 합니다. '너는 어떤 당을 지지하느냐?'로만 분류되는 현상이 두드러지게 나타나지요. 우리나라 갈등 요인 가운데 가장 높은 순위를 차지하는 것이 지지 정당이라고 하니 얼마나 심각한 문제인지 짐작할 수 있을 것 같습니다.

내가 그은 건지 상대가 그은 건지 따져 묻는 건 의미가 없습니다. 그저 열심히 선을 긋습니다. 재미있는 현상은 그러면서 모두들 '소통'을 말하고 '통합'을 외친다는 것입니다. 세상에 이렇게 오래가는 유행어가 있을까 싶을 만큼 많은 사람들이 같은 말을 합니다.

'소통하는 정치를 하겠습니다.'

'국민통합의 길로 나아가야 합니다.'

그런데요. 이렇게 선을 긋고 가르는 것은 과연 누구를 위한 것일까요? 호남과 영남을 가르고, 남자와 여자를 가르고, 세대를 가르고, 부자와 가난한 사람을 가르는 이 기준은 누가 세운 걸까요? 인간이란 원래부터 그런 존재일까요? 우리 사회는 원래부터 이렇게 큰 갈등이 있던 것일까요? 아니면 누군가 자기 이익을 위해 목적을 갖고 그은 선에 우리가 나뉘어 들어가버린 것일까요?

『파도야 놀자』속 아이는 가름선을 그냥 넘어가지 않습니다. 한 장으로 펼친 그림은 가운데 그어진 선 하나를 넘으면 될 일이지만, 그림책은 종이를 묶어 만들었기 때문에 바로 넘어가지 못합니다. 구부러져야 합니다. 한 번 구부러져 가름선 사이로 들어갔다 나와야 비로소 그 선을 넘을 수 있게 되는 것이지요. 『파도야 놀자』를 자세히 보면 그런 그림책의 특성을 파악한 이수지 작가가 숨겨놓은 의도가 보입니다. 그야말로 감탄하지 않을 수 없는 지점이기도 합니다.

'구부러져야 경계를 넘을 수 있습니다.'

내 몸을 구부리고, 내 생각을 구부려야 비로소 경계를 넘을 수 있습니다. 구부러져 들어가 상대의 눈을 보고 이야기를 해야 같이 놀 수 있습니다. 그래야 상대도 구부러져 내 자리로 넘어올 수 있어요. 구부러진다는 것이 내 원형을 깨는 행위는 아닙니다. 구부러진다는 것은 낮아지는 일이고 상대를 받아들일 수 있다는 나의 용기를 드러내는 증거이기도 합니다.

그림책 속 아이는 아이 모습으로, 파도는 파도 모습으로 자기 원형을 지키면서 넘나들게 됩니다. 유연한 태도로 상대를 대하고 결국 서로 스며듭니다. 섞이고 그것으로 자유로워집니다. 그렇게 각자 자기 자리를 지키며 자기 몫의 삶을 살아갑니다.

작가는 그런 생각을 파란색으로 표현했습니다. 책을 자세히 보면 알겠지만, 아이와 파도가 경계가 없어지고 하나의 세계가 된 순간, 하늘도 파란색이 되어 있고, 아이의 옷도 파랗게 물들어 있는 것을 볼 수 있습니다. 맨 마지막 페이지, 파란색 옷을 입은 아이가 걸어가는 모습을 보게 됩니다. 이제 그 아이는 예전의 그 아이가 아닌, 확장된 세계관을 가진 아이일 거라 짐작할 수 있습니다.

문득 내 주변에는 몇 개의 가름선이 있을까 생각해봅니다. 내가 그어놓은 가름선만 해도 몇 개 되는 것 같습니다. 누구를 위해 그어진 가름선인지 알아볼 필요가 있습니다. 그리고 그것이 내가 원한 것이 아니라면 넘어갈 용기를 내봅시다.

우선, 몸부터 풀어야겠지요? 유연하게 구부러지려면 굳어진 관절을 푸는 것이 굳어진 마음도 풀어내는 시작이 될 테니까 말입니다.

자, 그럼 오늘부터라도 스트레칭을 한번 시작해볼까요?

누구나 낮잠 잘 수 있는 세상이 필요하다
『하늘을 나는 사자』

"역시 사자야."

고양이들은 아주 당연하다는 듯이 말하며 이빨에 낀 고기를 이쑤시개로 '쯥쯥' 소리 내어 쑤셨습니다.

"있지, 나는 낮잠을 자는 게 취미야."

사자가 말하자, 고양이들은 깔깔깔 웃어댔습니다.

"히야~ 요리만 잘하는 줄 알았더니 농담도 잘하잖아?"

『하늘을 나는 사자』(사노 요코 지음, 황진희 옮김, 천개의바람)

사노 요코 지음, 황진희 옮김, 천개의바람

에 나오는 한 대목입니다. 사자가 고양이들에 의해 어떤 존재로 '규정'되는 순간이지요.

이 그림책은 황금빛 갈기와 우렁찬 목소리를 가진 사자가 고 양이들을 위해 날마다 날아서 사냥을 나가는 이야기로 시작됩 니다. 낮잠을 자는 게 취미였지만, 고양이들은 '사자'니까 그럴 리 없다고 단정합니다. 결국 낮잠을 자지 못하던 사자는 지쳐 돌 이 되어 잠들어버립니다. 황금빛 돌이 된 사자는 몇십 년, 몇백 년 동안 깨지 않습니다. 오랫동안 사자가 깨어나지 않자 고양이 들은 사자를 '허구한 날 낮잠만 자다 돌이 되어버린 게으름뱅이' 로 '규정'해버립니다.

그러던 어느 날이었습니다. 사자 곁을 지나던 아기 고양이가 엄마 고양이에게 묻습니다.

"왜 돌이 돼서 자고 있어요?"

엄마는 되묻습니다.

"글쎄, 왜 그럴까?"
"으음… 분명 피곤했을 거예요."

그때, 황금빛 돌사자는 부르르 몸을 털고 기지개를 켜며 일어나서는

"어흥!"

하고 우렁차게 외치며 하늘을 납니다.

과연 이 사자를 깨운 건 무엇이었을까요? 피곤했을 거라고 말해주던 아기 고양이의 위로 때문이었을까요? 어쩌면 그 답에 앞선 엄마 고양이의 질문 덕분은 아니었을까요?

"글쎄, 왜 그럴까?"

엄마 고양이의 질문에 아기 고양이는 이런저런 생각을 하게되었거든요. 그러다가 사자 입장에 서보게 된 것이지요.

'혹시 피곤해서 그랬던 건 아닐까?' 하고요.

누군가 입장에 서본다는 것. 그것은 그 대상을 들여다보고 이해하려는 마음이 있어야 가능한 일입니다. 하지만 생각보다 쉽지 않은 일이지요. 그래서 우리는 어느 정도 생각하고 맘대로 '규정'하는 경우가 많습니다. 그리고 그것이 보편타당한 것이라 생각해버리지요. 멋진 갈기와 우렁찬 목소리, 하늘을 날아 사냥을 하는 사자의 취미가 낮잠일 리는 없다고 생각한 고양이들처럼 말이죠. 아마 그렇게 말한 고양이들은 몰랐을 겁니다. 자기들이 사자에게 고통을 주었다는 것을요. 자기들의 규정이 상대에게 억압이 될 수 있을 거라는 것도 말이지요.

사람은 다 다릅니다. 달라도 너무 다릅니다. 우리는 이 사실을 모르지는 않습니다. 자신이 다른 사람과 같지 않다고 생각하지요. 그리고 그런 다름을 인정받고 싶어 합니다.

"내 취미는 낮잠이야."

사자처럼 조용히 말하기도 합니다.

그런 의미에서 우리는 모두 '사자'입니다. 하지만 가만히 들여다보면 우리는 모두 '고양이'이기도 합니다.

'여자는 이래야 해. 남자는 이래야 해.'

'나이 들었으면 이렇게 해야지.'

'학생은 이래야지.'

'버릇없이 왼손으로 밥을 먹으면 안 돼.'

'결혼은 이때쯤 해야 하고, 아기는 이때쯤 낳아야 해.'

'한국에서 살 거면 한국 사람이 되어야지.'

나름대로 '규정'짓고 판단하고 말하고 있지요.

이쯤 되면 고양이는 살짝 억울할 수 있습니다. 좀 더 강하게 끝까지 주장했더라면 인정해줄 수 있었을 텐데 말입니다. 기껏 두어 번 작게 말하고 만 사자 때문에 세상 나쁜 놈이 되어버렸으니까요. 하지만 사자도 이미 규정지어진 세상에 살고 있는 존재입니다. 그래서 자기 진실에 대해 누군가 다르게 규정짓는 순간, 혹시 자기가 잘못된 건 아닌지 의심하게 됩니다.

'하늘을 나는 사자의 취미가 낮잠이라니. 정말 뭐가 이상한 건 아닌가?'

낮잠을 자지 않기 시작하고 힘들어 울면서도 아무 말하지 않게 됩니다. 그러다 어느 순간, 돌이 되어버리는 것이지요.

'뭉치면 살고 흩어지면 죽는다.'

우리는 오랫동안 하나의 목소리를 내고, 통일된 의견을 갖는 것이 중요하다고 생각하는 세상에서 살아왔습니다. 그래서 그동안 옳다고 생각했던 것을 내려놓는 일에도 익숙하지 않습니다. 남들과 다른 '나'를 생각해볼 기회가 많지 않았습니다. 다른 '남'을 생각해볼 기회도 많지 않았지요. 그런데 이번엔 누군가 현대 사회를 다양성 사회라 말합니다.

'다른 건 틀린 게 아니다. 서로 다름을 인정하자.'

맞는 말인 것 같습니다. 하지만 뭘 어떻게 해야 할지 모르겠습니다. 왜냐하면 우리는 태어나서 지금까지 고양이로 살아왔으니까요. 결국, 다양성에 대한 감수성을 키우는 것은 내가 고양이였다는 걸 인정하고, 내 안의 사자를 깨우는 일로 시작해야 합니다. 내 문제로 바라보지 않으면 여전히 우리는 규정지어진 세상에서 살게 될 테니까요.

"있지, 나는 낮잠을 자는 게 취미야."

"그렇구나. 사실… 나는 쥐랑 밥 먹기가 취미야."

"낮잠이라고? 난 한 번도 자본 적이 없어서 잘 모르겠어. 그건 어떤 거야? 말해줄래?"

"와, 고양이랑 쥐가 같이 밥을 먹는다는 건 어떤 걸까? 궁금하다. 말해줄래?"

우리는 어떻게 말할 수 있을까요? 또 어떻게 질문할 수 있을까요? 꼭 기억해야 할 게 한 가지 있습니다. 사자를 잠들게 한 것도 고양이지만, 깨운 것도 고양이였다는 거지요.

어떤 고양이가 될 것인가는 내 몫입니다. (물론, 어떤 사자가 될 것인가도요.)

달리지 않아도 괜찮은 걸까
『걷고 있어요』

'아무것도 하지 않고 싶다. 딱 일주일만이라도.'

2020년 말, 이틀 걸러 하루씩 밤을 새워 일하면서 여러 번 소망하고 갈망하고 다짐했습니다. 2021년 1월이 되면 난 정말 아무것도 안 할 거라고. 딱 일주일만이라도.

그리고 신기하게도 아무 일까지는 아니지만, 정말 별일 없는 1월을 맞았습니다.

"선생님이 제일 바쁘시니 선생님 일정에 맞출게요."

회의 일정이라도 잡을라 치면

"저 별일 없어요. 아무 때나 잡으셔도 됩니다."

하고 씩 웃으며 이야기하기도 했습니다.

아무것도 하지 않는 일주일. 정확히 말하면 별 일정 없고 특별

미야니시 타츠야 지음, 이정연 옮김, 아이노리

히 해내야 할 일 없는 일주일. 소망하고 갈망하며 다짐했던 일이 실제로 일어난 것이었습니다.

2020년 말 저는 일주일에 두세 번 나가던 (사)어린이와작은도서관협회 반상근 일을 정리했습니다. 5년이나 했으니 그만할 때도 되었지요. 지역에서 활동하던 책과 도서관 관련 단체의 대표직도 내려놨습니다. 그 일도 너무 오랫동안 한 일이니 이미 다른 사람이 할 때가 지난 거지요.

15년 동안 운영하던 책놀이터 작은도서관은 일종의 휴식기를 갖고 앞으로 운영방식을 새로 고민하기로 했습니다. 공간은 리모델링을 통해 새로운 복합문화공간으로 변신한 뒤였습니다. 그동안 작은도서관 평가를 통해 일정한 지원금을 받기도 했지만, 앞으로 지원은 받지 않을 계획이었으니 그와 관련된 실무를 하

169

지 않아도 되었습니다. 이렇게 하던 일을 한꺼번에 정리하는 건 내 생애 처음이 아닌가 생각되었습니다.

아무 일도 하지 않기로 한 첫날. 느지막이 일어났습니다. 밥을 엄청나게 많이 먹고 레몬차를 타서 소파에 앉았습니다.

'뭘 할까?'

아무것도 하지 않기로 했는데 앉자마자 '뭘 할까?'라니. 다시 마음을 다잡아보는데 갑자기 이상한 느낌이 몰려왔습니다.

'내가 이러고 있어도 되나?'

'정말 아무것도 할 일이 없나?'

SNS를 열었습니다. 다들 뭔가 이루고 있는 사람들. 누구는 사무실을 새로 계약하고, 누구는 올해 강의 계획을 올리기도 하고, 누구는 열심히 자기 작업을 올리고 있었습니다.

불안해지기 시작했습니다. 이러다 정말 아무 일도 안 하게 되면 어떡하지 걱정이 되었습니다. 이틀, 사흘, 나흘. 정말 별일 없이 시간이 지났습니다. 마음이 편하지 않았습니다. 책도 눈에 들어오지 않았습니다. 읽던 줄을 읽고 또 읽고 있었습니다. 시간이 나면 열심히 읽겠다고 쌓아뒀던 책들인데 말입니다. 며칠이 지나도 한 권을 읽어내지 못했습니다. TV를 켰습니다. 멍하니 화면이 눈에 들어오지 않았습니다.

'정말 이렇게 아무것도 안 해도 되나?'

심지어 없던 불면증까지 생겼습니다.

『걷고 있어요』(미야니시 타츠야 지음, 이정연 옮김, 아이노리)
이 그림책에는 그냥 걷고 있는 동물들이 나옵니다. 개미들은 달
콤한 것을 찾아 걷고, 악어도 다리는 짧지만 걷고 있습니다. 게
는 태어나면서부터 옆으로 걷고, 살금살금 바퀴벌레도 걷습니
다. 그리고 마지막. 씽긋 웃는 아이가 나옵니다.

나도 힘을 내서 걷고 있어요.

하고 말하면서 걷.습.니.다.

'그랬구나. 나는 걷는 법을 잊어버렸구나.'
늘 단거리 달리기 선수처럼 뛰어다니기만 해서 이제는 뛰지
않으면 불안한 것이었습니다. 걷는 방법을 잊어버린 탓에 중간
중간 쉬는 법도, 편안히 숨을 고르는 방법도 다 잊어버린 것 같
았습니다. 개미처럼 바퀴벌레처럼 지네처럼 문어처럼 꾸준히
걷는 방법을 잊어버린 저는 아무것도 못 하고 주저앉아버린 것
이었습니다.
앉아 쉬지 못하고 주변을 계속 두리번거리고 있었습니다. 걷
는 사람들을 보면서 저 사람을 쫓아가려면 얼른 다시 뛰어야 하
는 거 아니냐고 계속 나 스스로를 괴롭히고 있었던 겁니다.

171

뜨거운 사막을 오가는 낙타는 느리게 걷는 것으로 유명합니다. 어느 유목민이 낙타에 소젖을 싣고 사막을 건너는데 너무 느린 낙타 때문에 우유가 뜨거운 햇빛을 받아 굳어 탄생한 것이 버터의 유래라니 말 다 했지요.

하지만 낙타는 그렇게 오래 걷는다고 합니다. 말과 낙타가 장거리 경주를 하면 말이 이기지만, 그다음 날 말은 죽고 낙타는 멀쩡하다는 이야기도 있습니다.

그렇게 걷는다는 건 어떤 걸까요? 서두르지 않고 꾸준히 걷다 보면 어떤 것들이 보일까요? 잠깐 멈춰 서서 길가에 핀 꽃도 들여다보고, 조개껍데기도 하나 주울 수 있겠지요? 내 주변에 있는 사람들 눈가 주름도 보고, 아파 우는 이 손도 잡아줄 수 있을지 모르겠습니다.

멍하니 일주일을 보내고 저는 살짝 옷을 챙겨입어 봤습니다. 날씨는 추웠지만, 걸어보기로 했습니다. 사실 아직은 빨리 걷고 집으로 돌아가 컴퓨터를 켜야 할 것 같은 느낌이었습니다. 휴대전화를 열어 내가 해야 할 일을 다시 정리해둬야 할 것 같은 기분이었습니다.

머릿속은 아직 복잡했지만, 이제부터는 뛰다 쓰러지고 다시 일어나 뛰다 쓰러지는 대신 꾸준히 걸어보기로 했습니다. 하루하루 꾸준히 걷다 보면 주변을 살피는 근육도 생기고, 차분히 스스로를 돌보는 마음도 생기겠지요. 그렇게 뛰지 않고 걷는 삶에도 익숙해질 거라고 믿어봅니다.

　　사뿐사뿐 걷고 있어요.
　　나도 힘을 내서 걷고 있어요.

　『걷고 있어요』의 마지막 장면에서 웃으며 걷는 아이처럼, 저도 곧 그렇게 말할 수 있는 날이 오기를 바랍니다.

사랑은 우리를 구원할 수 있을까

『여우 요괴』

오스트리아 출신 유대인으로 2차 대전 때 아우슈비츠 강제수용소로 끌려갔지만 정신과 의사의 삶을 놓지 않았던 빅터 프랭클Viktor Frankl은 말했습니다.

"내 인생에서 처음으로 나는 시인들이 노래로 표현하고 사상가들이 궁극적 지혜로 선포한 진리를 있는 그대로 보았다. 사랑은 우리가 열망할 수 있는 궁극적인 최고 목적이라는 진리였다. 그때 나는 인간의 시와 신념이 전하는 가장 위대한 신비를 깨달았다. '인간은 사랑을 통해, 사랑 속에서 구원받는다.'"

부모와 아내, 두 자식과 친구들까지 잃은 가장 비인간적으로

정진호 지음, 반달

참혹한 현장에서 그는 무엇을 보고 듣고 느꼈기에 이런 말을 했을까요? '사랑만 있으면 살 만한 세상이다'라는 말은 너무 식상하고 흔한 말입니다. 하지만 실제 우리 삶은 그렇습니다. 무엇인가 사랑하고 있고 또 무엇으로부터 사랑받고 있다면 아직 살 만한 겁니다. 아직은.

『여우 요괴』(정진호 지음, 반달)에는 하늘에서 정기 받고, 땅의 기운 담아 천하무적 도력을 닦은 여우 요괴가 나옵니다. 간 1,000개를 먹으면 무슨 소원이든 이루게 된다는 말에 여우 요괴는 만나는 것들의 간을 죄다 빼 먹고 살았습니다. 여우, 사슴, 곰, 오리, 개구리, 호랑이까지. 모두들 여우 요괴만 봤다 하면 도망치기 바빴지요. 어느 날, 여우 요괴는 깨닫습니다. 아직 사람 간

175

만 먹어보지 못했다는 걸요. 그래서 여우 요괴는 간 크다고 소문난 김생원을 찾아갑니다.

정말 간이 큰 김생원은 여우 요괴가 와도 눈 하나 꿈쩍하지 않고 이렇게 말합니다.

"나랑 혼인합시다."

이게 무슨 일인지 여우 요괴는 김생원과 혼인을 하게 되고 잡아먹는 것을 하루하루 미루게 됩니다. 그러다 보니 처음으로 두려운 것이 생기지요. 결국 나이 든 김생원은 죽음을 맞이하게 되고, 여우 요괴는 김생원의 간을 먹고 소원을 성취하는 순간이 다가옵니다. 과연 여우 요괴는 어떤 소원을 빌게 될까요?(결말은 책에서 확인해보시길.)

하지만, 사랑은 무섭기도 합니다. 우리는 생각보다 흔하게 사랑이라는 이름의 또 다른 얼굴을 만납니다.

'내 속으로 낳은 자식이니까.'

'내 여자니까.'

'내 남자니까.'

이렇게 말하는 사람들은 모두 사랑하기 때문이라고 합니다. 보건복지부에서 나온 통계를 보면 2022년 아동학대 전체 신고 건수는 4만 6,103건으로 이 가운데 진짜 아동학대로 판단되는 건은 2만 7,971건에 이릅니다. 이 가운데 가해자의 82.7퍼센트가 부모라는 결과는 정말 놀라움을 금치 못하는 수치이지요.

교제폭력[2] 역시 큰 사회문제가 되고 있습니다. 2022년 한 결혼정보회사에서 미혼남녀 500명을 대상으로 실시한 설문조사 결과에 따르면 연애경험이 있는 여성 30퍼센트, 남성 12.8퍼센트가 교세폭력을 당한 적이 있다고 답변했습니다.

그뿐인가요? 종교라는 테두리 안에서 벌어지는 수많은 성폭력 역시 '내 신도니까'라는 말 아래 이루어지는 범죄입니다. 중요한 것은 이렇게 관계가 무너지는 과정 속에서 피해자들이 자신을 피해자로 인식하지 못하거나 인식하더라도 그냥 넘어가는 일이 너무 잦다는 것입니다. 아동학대를 당하는 아동은 부모를 떠나서 살 생각조차 하지 못하고, 교제폭력 역시 그냥 넘어가는 경우가 많다고 합니다. 종교라는 테두리 안에서 스스로 피해자라는 사실조차 인지하지 못하는 상황이 벌어지기도 하지요.

이런데도 정말 사랑이 우리를 구원할 수 있다고 말할 수 있을까요?

---

2 **교제폭력**: 흔히 말하던 '데이트폭행 또는 폭력'을 말합니다. 2022년부터 여성가족부를 비롯, 여러 언론에서 교제폭력으로 바꿔 쓰고 있습니다. 국어사전에는 비슷한 뜻으로 나오지만, 우리 사회에서 교제는 사귄다는 중립적인 어감으로 사용되는 데 반해, 데이트는 서로에게 호감을 느낀 사이에서 벌어지는 낭만적인 행위로 느껴지는 경향이 있기 때문이라 합니다.

『여우 요괴』속 김생원은 봄꽃놀이를 갈 때는 여우 요괴를 업습니다. 그리고 눈이 오는 날에는 나란히 걷기도 하지요. 손을 잡고 말입니다. 여우 요괴와 사람. 언제든지 잡아먹고 먹힐 수 있는 상황인데 김생원은 정말 간이 큰 모양입니다. 그러니까 여우 요괴와 함께 살 수 있는 건지도 모르겠습니다. 하지만 김생원이 여우 요괴를 스스럼없이 업고 손잡고 걸을 수 있는 이유는 따로 있습니다. 관계가 안전하다고 생각하기 때문이지요. 사실 여기서 '간'은 김생원의 자존감입니다. 김생원의 자존감은 관계의 '공평'을 만들어냅니다. 상대가 무서운 여우 요괴지만, 기울어지지 않은 관계가 가능하게 되는 것이지요.

일방적이지 않고, 강요하지 않는 관계. 서로를 인정하는 관계가 되어야 비로소 사랑은 구원이 됩니다. 그러려면 우리에게도 큰 간이 필요합니다. 자기 자존감 없이 상대에게 일방으로 끌려다니는 사랑은 결국 끝이 좋지 않기 마련이니까요.

자존감이 제대로 작동하지 않으면 상대에 대한 균형감을 잃게 됩니다. 관계를 해치고 자기 자신을 깎아내리는 것은 상대를 제대로 보지 못하고 현재 상태를 특별하다고 여긴 결과입니다. 관계가 조금이라도 어긋나는 것을 두려워하기 때문이기도 합니다. 그런 맹목은 결국 균형이 아닌 일방을 낳습니다. '내 남자, 내 여자니까'가 가능해지고, '내 신도니까' '내 사람이니까'라는 것도 가능해집니다.

사랑이 구원이 되려면, 내 간을 소중하게 여길 줄 알아야 하고, 내 간을 소중히 여겨줄 사람을 만나야 합니다. 그렇다면 여우 요괴든 뭐가 되었든 간에 서로 균형 있는 사랑을 나눌 수 있게 되는 것이지요.

박노해 시인은 「사랑」이라는 시구절에서 사랑은 일치를 향한 확연한 갈라섬이고 구체적인 실천이라 말합니다. 물론, 시인이 말하는 사랑의 의미가 여기서 말하는 사랑의 의미와 다를 수 있지만, 어떤 사랑에도 해당하는 말이 아닌가 합니다. 온전히 하나가 될 수 있다는 생각에서 벗어나 각자가 서로가 되는 일치를 위해서는 갈라섬도 필요하고, 관계를 균형으로 만들어가는 실천이 필요합니다.

그렇게 해야 시인의 시구절 마지막에 나오는 말처럼 '그리하여야 마침내 사랑은 고요의 빛나는 바다가 되고 햇살 쏟아지는 파란하늘'을 만나게 될 것입니다.

너는 동물원에서 살고 싶니?
『우리 여기 있어요, 동물원』

"난 하루를 살다가 죽어도 자유롭게 살다 죽을 거야. 보호받고 싶은지 아닌지 내가 결정할 거야!"

갑자기 모두가 조용해진 건 녀석의 목소리가 커서만은 아니었습니다.

하도 오래되어서 기억이 가물가물하지만 20여 년 전 '학교 밖 글쓰기 선생님'이라는 직업으로 살아갈 즈음, 초등학교 2학년 아이들과 책을 읽고 '동물원이 필요한가?'라는 주제로 토론을 할 때였습니다. 여섯 명 가운데 절반쯤은 동물을 보호하는 장치라는 점, 그리고 아이들이 동물들과 친해지기 위해서는 동물원이 필요하다고 했고, 또 절반쯤은 동물원에서는 동물들이 자유롭지 못하다는 이유로 반대 입장을 내세웠습니다.

그러다 한 아이가

허정윤 글, 고정순 그림, 반달

"초원에서는 우리같이 어린 새끼들은 잡아먹힐 확률이 훨씬 커. 그래서 새끼일 때 죽는 동물들이 훨씬 많을걸? 그것보다는 동물원에서 보호받는 게 훨씬 오래 살 수 있어."

하고 말했습니다. 동물원 반대를 주장하던 아이들 눈빛이 흔들리기 시작했습니다. '우리같이 어린 새끼'라는 말에 동요한 것 같았습니다. 그때 녀석이 소리를 친 겁니다.

"내가 결정할 거라고!"

그림책『우리 여기 있어요, 동물원』(허정윤 글, 고정순 그림, 반달)에서 사자 레오는 이렇게 말합니다.

"꿈은 단지 꿈일 뿐, 현실을 인정하세요. 차츰 삶의 지혜가 생겨납니다."

"희망은 없어도 밥은 챙겨 먹어요. 내가 없으면 또 다른 친구가 동물원에 오게 됩니다."

"연애만 하고 새끼는 낳지 마세요. 내 고통을 그대로 물려줄 수는 없지 않습니까?"

동물원에 사는 동물들에게 던지는 레오의 말은 절규에 가깝습니다.

그러게요. 생각해보면 우리는 한 번도 동물들에게 물어본 일이 없습니다.

'우리가 보호해줄게. 게다가 동물들과 인간이 친해지는 계기를 만들 수 있어. 그러니 동물원에서 살지 않을래?'

무엇을 누구로부터 보호해준다고 이야기하는 건지, 누구 입장에서 친해지는 계기를 만든다는 건지도 생각해보지 않았습니다.

2015년 미국 동물원에서 퓨마가 탈출하는 일이 발생했습니다. 탈출이라는 표현을 썼지만, 사실 퓨마는 사육사가 열어둔 문을 통해 밖으로 나간 것뿐이었습니다. 사람들은 야단법석을 떨었습니다. 퓨마를 잡으려고 많은 사람들이 나섰습니다. 하지만 퓨마는 제 발로 자기 우리에 돌아왔습니다. 야생성을 잃어버리고 먹이를 받아먹는 삶에 익숙해진 퓨마를 우리는 어떻게 해석

해야 할까요? 그것도 자기 선택이니 존중해야 한다고 말할 수 있을까요?

질문에 대한 답은 조너선 스위프트Jonathan Swift가 쓴 『걸리버 여행기』에서 찾아볼까 합니다. '야후'를 사육하는 '휴이넘(말)'은 야후의 야만성 가운데 하나로 '거짓말'을 꼽습니다. 야후들은 자신의 이익을 위해 서로를 속이는 일을 아무렇지도 않게 한다는 것입니다. 걸리버는 그런 야후들을 '이성이 없는 짐승'이라 말합니다. 그들을 '인간'이라고 인정하지도 않습니다. 휴이넘들에게 본인은 '야후'와 다르다고 계속 주장하지요. 하지만 우여곡절 끝에 영국으로 다시 돌아온 걸리버는 그곳에 살고 있는 수많은 야후(인간)들을 만나게 됩니다.

'동물원'은 언제부터 생겼을까요? 사실, 동물원의 시작은 귀족들이 크고 신기한 동물들을 가두어 힘과 권력을 과시하는 데 있었습니다. 자기가 가진 부를 드러내는 수단이었지요. 그랬던 동물원이 근대에 와서 자본의 논리에 의해 확산되기 시작합니다. 그때 인간들이 펼친 논리가 바로 '보호'와 '교육'이었습니다.

거짓말이었습니다.

만약 정말 동물을 보호하는 것이 이유였다면 동물을 좁은 철창 안에 가두거나 날카로운 이빨을 뽑아 야생성을 잃게 하는 일은 없었을 겁니다. 많은 종을 유지시켜 최대한 많은 관람객을 모으려는 목적이 아니라면 모두가 살아가기 힘든 사파리 같은 형태는 생겨나지 않았을 겁니다. 아이들과 친하게 지내게 한다는 핑계로 함부로 만지거나 타고 노는 형식의 동물원도 만들어지지 않을 거고요.

그뿐일까요? 동물원을 만드는 이유가 '교육'이었다면 동물을 포획할 때 어미를 죽이고 새끼를 데려오는 방식을 취하지는 않았을 겁니다. 인간들을 즐겁게 하려는 이유로 동물들을 때리면서 사육해서 보여주는 동물쇼 같은 것은 존재하지 않았을 겁니다.

우리는 서로를 속이고 동물들도 속인 것입니다. 스스로 삶의 방식을 선택할 기회를 주지 않으면서 그럴싸하게 포장할 논리를 만들어내어 주머니를 불리기만 한 것입니다.

그러는 사이 동물원에 갇힌 말승냥이들은 하릴없이 같은 장소를 왔다 갔다 하기만 합니다. 몸을 앞뒤로 흔드는 코끼리, 자신의 털을 뽑는 원숭이와 타조, 끝없이 원을 그리며 헤엄치는 돌고래도 보입니다. 이런 행동은 무의미한 행동을 반복하는 '정형행동'으로 스트레스 때문에 생기는 일종의 정신이상 증세라고 합니다.

자유의지에 따라 살아가지 못하는 동물원 속 동물들은 철저히 인간에 의해 통제를 받으며 살아가고 있습니다. 무엇을 먹을지, 누구와 함께 살지, 얼마나 자고 일어날지, 얼마나 높게 날고 깊게 헤엄을 칠까를 결정하는 일까지 말입니다.

그림책 속 사자 레오의 마지막 말은

내가 다시 태어난다면…

이었습니다. 묻고 싶어졌습니다. 다시 태어난 레오는 어떻게 할까요? 배고프고 위험해도 넓은 초원을 달리는 삶을 선택할까요? 아니면, 우리 안에서 살더라도 보호받고 안정적인 삶을 살고자 할까요?

슬쩍 저에게도 물어봅니다.

'넌 동물원에서 살고 싶니?'

185

도와달라고 말할 용기
『소년과 두더지와 여우와 말』

　다쳤습니다. 넘어져서입니다. 왼팔만 깁스를 하고, 오른팔엔
손목보호대를 끼웠습니다. 자판을 치는 것도 쉽지 않아서 한 손
가락으로 쳐야 합니다. 맞습니다. 이 글도 손가락 하나로 치고
있습니다. 두 손이 자유롭지 않으니 여간 불편한 게 아닙니다.
씻는 것, 먹는 것은 물론이고, 뭘 하나 옮기는 것도 마음대로 되
지 않았습니다. 생각 같아선 집에 콕 처 박혀 아무것도 안 하면
좋으련만 그것도 쉽지 않은 노릇이었습니다. 혼자서 할 수 있는
일이 거의 없었습니다. 시간이 지나면서 화가 나기 시작했습니
다. 뭔가 하려고 낑낑거려 보지만 제풀에 지쳐버렸습니다. 남에
게 민폐를 끼치고 싶지 않았지만 결국 말할 수밖에 없었습니다.
　"도와줘."
　그런데, 이 한마디에 정말 많은 것이 달라졌습니다.

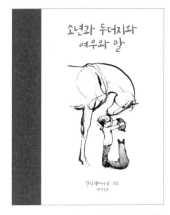

찰리 맥커시 지음, 이진경 옮김, 상상의힘

"이것 좀 들어줘."

"옷 좀 걸쳐줘."

"이것 좀 해줘. 저것도 좀 해주고."

사람들이 저를 돕기 시작했고, 팔을 다치기 전만큼은 아니지만 제가 하던 일 대부분이 큰 문제 없이 진행되었습니다. 서류를 들여다보고 결재를 하는 일도, 도서관 행사를 기획하고 진행하는 일도, 지역 신문에 들어갈 그림책 칼럼을 쓰는 일도⋯. 완벽하진 않지만 그럭저럭 해결되었습니다.

처음엔 도와달라는 말을 꺼내기 쉽지 않았습니다. 어려서부터 누구에게 그런 말을 하지 않고 살았던 것 같습니다. 뭐든 스스로 해내는 것이 중요하다는 교육을 받고 자란 것도 큰 이유였습니다. 자존심도 세서 누구에게 지고 싶지 않은 성격도 작용했을 테고요. 한편으로 생각보다 소심한 탓이기도 했습니다. 내비게이션이 나오기 전에는 길을 몰라 헤맬 때도 사람에게 길을 묻지 못하는 탓에 멀리 돌아오기 일쑤였거든요. 힘든 일을 나눠서 하기보다는 혼자 묵묵히 해내는 게 옳다는 생각도 했고요. 그런데, 요 며칠 "도와줘"를 몇 번 했는지 헤아릴 수도 없었습니다.

『소년과 두더지와 여우와 말』(찰리 맥커시 지음, 이진경 옮김, 상상의힘)에는 이런 구절이 나옵니다.

"네가 했던 말 중 가장 용감했던 말은 뭐니?"
소년이 물었어요.
"'도와줘'라는 말."
말이 대답했습니다.
"도움을 청하는 건 포기하는 게 아니야."
말이 말했어요.
"그건 포기를 거부하는 거지."

맞습니다. 쉽지는 않았지만, 도와달라고 하는 건 포기하지 않겠다는 뜻이기도 하더라고요. 나 혼자서는 힘들지만, 이 일을 해내겠다는 의지이기도 했습니다. 그러면서 알게 되었습니다. 도와달라는 것은 무언가를 함께하자는 뜻도 된다는 것을 말입니다. 어쩌면 인간의 관계 맺기란 이렇게 서로 도움을 주고받는 과정인지도 모르겠다는 생각이 들었습니다.

　많은 사람들이 상대가 알아서 도와주기를 바라지만 사실 말하지 않으면 알 수 없습니다. 결국 관계는 용기를 내는 일, 도와달라는 내 마음을 드러내며 맺어지는 것입니다. 혼자 견디는 것이 옳다 여기고 혼자 해내는 것이 더 값지다는 생각은 어쩌면 관계를 맺고 과정을 만들어가는 것보다 결과를 도출하는 일에만 집착한 우리의 왜곡된 신념이었는지 모릅니다.

　코로나19 상황을 겪으면서 우리는 많은 고립을 만났습니다. 스스로를 고립시키기도 하고 상대를 고립시키는 일에 익숙해지기도 했습니다. 하지만 그런 과정을 통해 우리는 혼자서는 살 수 없는 존재들이라는 걸 알기도 했습니다. 만나지 못하고 함께할 수 없다는 것은 인간다운 삶을 살 수 없다는 증명이기도 했고요.

　도와달라는 말은 관계를 포기하지 않겠다는 용기입니다. 다음엔 내가 돕겠다는 의지이기도 합니다. 잃어버린 관계의 회복은 이렇게 일어나게 될지 모르겠습니다. 깁스를 풀려면 아직 2주나 남아 있습니다. 저는 이제부터 좀 더 용기를 내볼 생각입니다.

　"이것 좀 저리로 옮겨줘."

　"여기 이것 좀 묶어줘."

　"나 대신 이것 좀 해줘."

　도와달라고 할 겁니다. 그리고 잘 기억해둘 겁니다. 다음엔 제가 도와줄 거니까요. 포기하지 않았으니 그렇게 관계가 이어질 것입니다.

인간이 본디 혼자서 살아갈 수 없는 동물이라는 건 누구나 다 아는 이야기입니다. '외로움'을 견딜 수 없는 인간은 늘 주변에 누군가 만나면서 살게 되는데요. 이렇게 함께 살아가는 사람들에게 나는 어떤 눈빛을 갖고 있을까요?

배려하는 마음과 포용하는 마음도 필요하지만 무엇보다 상대를 있는 그대로 인정하는 것이 중요하지 않을까요? 너무 당연한 얘기이지만, 생각보다 여기저기서 선량한 차별주의자인 나를 발견하곤 합니다. 함께 살아간다는 것은 기억해야 할 것도 많고, 생각해야 할 것도 많은 것 같아요.

나는 얼마나 주변을 살피며 살아가고 있나요? 누군가 나를 바라보는 시선에서 느꼈던 감정을 떠올려보면, 나는 누굴 어떻게 바라봐야 하는지 고민해볼 수 있겠지요.

4

이웃에게 건네는
따뜻한 시선

~~~~~

사람은 다른 사람을 통해 사람이 된다.

우리 모두가 있기에 내가 있다.

- 남아프리카 우분투 사상

교실에 들어선 선생님이 깜짝 놀랐어.
"어이쿠! 너희들 대체 어디서 왔니?"
"우리요? 다 다른 별에서 왔죠."
우리는 돌아가며 자기가 온 별을 말했어.

윤진현 지음, 『다다다 다른 별 학교』, 천개의바람.

당신은 어느 별에서 왔나요
『다다다 다른 별 학교』

아팠습니다. 작년 말에 한 건강검진 결과가 좋지 않았거든요. 난소 하나를 떼어내야 한다더라고요. 결국 수술을 했습니다. 일주일 가까이 입원해야 했지요. 사실, 아주 큰 수술은 아니어서 병실 생활은 할 만했습니다. 하루 한 번씩 팔뚝에 바늘을 찔러야하는 혈관주사만 아니면 더 좋았을 테지만요.

병실은 4인실이었습니다. 대각선에 있는 침대를 쓰는 어르신은 처음부터 강한 인상을 주었지요. 목소리가 큰 데다가 대부분의 전화를 스피커폰으로 하셨거든요. 또 자꾸 이것저것 물어오셨습니다.
"어디가 아파서 왔어?"
이 말부터 가족관계, 하는 일, 심지어 입원하기 전날 뭘 먹었

윤진현 지음, 천개의바람

느지도 궁금해하셨습니다. 그럴 때마다 저는

"그냥 뭐…."

하고 어물쩍 넘어갔습니다. 비슷한 질문을 방 안에 있는 환자들에게 계속했는데 반응이 달랐습니다. 제 옆 병상의 환자는 아무 대꾸를 하지 않았습니다. 제 앞에 있는 환자만 적당히 맞장구를 쳐주었지요.

어르신은 동맥을 넓히는 시술을 하셨답니다. 혈압이 높은 것을 빼면 아픈 곳은 별로 없어 보였어요. 유튜브 방송을 즐겨 보셨지요. 소리를 크게 트는 경우도 있었는데, 소위 말하는 가짜뉴스들이 대부분이었어요. 가끔 대통령 욕을 하고 세상을 걱정하는 소리를 했습니다. 우리에게 어떻게 생각하냐 묻기도 했지요.

195

내 바로 앞에 누운 분은 그런 어르신 말에도 적당히 본질을 피하며 따뜻하게 답을 해주더라구요. 어르신은 문병객이 뭘 사 오면 꼭 모두와 나누려고 했어요. 그런 중에도 내 옆에 분은 하루 종일 커튼을 걷지 않으셨어요. 언뜻 보이는 모습으로 짐작하건대 온종일 휴대전화만 들여다보는 것 같더라구요.

그림책 『다다다 다른 별 학교』(윤진현 지음, 천개의바람)가 떠올랐습니다.

새 학년을 맞은 선생님이 교실 문을 열자 아이들은 돌아가며 자신들이 어디서 왔는지 소개합니다. 상상하는 걸 좋아하는 아이는 생각대로 별에서, 모범생인 아이는 반듯반듯 별에서 왔다고 했지요. 땅꼬마인 아이는 작아서 별, 부끄럼쟁이 아이는 숨바꼭질 별에서 왔고, 투덜투덜 화를 잘 내는 아이는 짜증나 별에서 왔는데 언제 폭발할지 모르니 조심하라고 경고도 했고요. 걱정이 많은 아이는 두근두근 별에서, 잘 우는 아이는 눈물나 별에서, 이렇게 다다다 다른 별에서 왔다며 자기 이야기를 펼쳐놓았지요. 마지막에 아이들이 물었습니다.

"선생님은 대체 어디서 오셨어요?"

궁금하겠지만, 책의 결말을 다 말씀드릴 수는 없으니 이해해 주시길요.

아무튼 마음씨 좋아 보이는 선생님은 다다다 다른 별에서 온 아이들과 잘 지낼 것 같았지만, 저는 아니었습니다. 정말이지, 그 어르신이 너무 불편했습니다. 같이 살아야 한다면 어떨까 잠깐 생각해보기도 했지만, 바로 고개를 절레절레 흔들었습니다. 대학원에서 문화다양성에 대해 공부하고 나서 문화다양성 그림책 목록을 만들기도 하고, 서로의 다양성을 인정하고 살아야 한다고 강의를 하기도 하는 나는 없었습니다. 어르신은 물론이고, 온종일 틀어박혀 휴대전화를 들여다보는 사람도, 친절하고 조심스러운 사람도 어쩐지 불편하기만 했지요.

'더불어 같이 산다는 건, 정말 어려운 일이구나.'

빨리 퇴원하고 싶었습니다.

수술하고 이틀째 되던 날 밤이었습니다. 갑자기 통증이 몰려왔습니다. 장기들이 제자리를 잡아가며 나타나는 현상이라지만, 너무 잦은 통증에 정신이 멍해졌지요. 자가 조절장치가 달린 무통주사 버튼을 눌러도 소용이 없었습니다.

'이대로 죽는 걸까?'

정신이 흐릿해져 가는데 갑자기 어르신의 큰 목소리가 들렸습니다.

"집이 아파? 참지 말고 얼른 머리 위에 줄을 당겨."

나는 혼미해져 가는 정신 속에서 줄을 당겼습니다. 간호사가 와서 깜짝 놀랐습니다. '쇼크'가 온 것 같다고 했지요. 더 강한 진

통제를 맞고서 저도 모르게 잠이 들었습니다. 하지만 다음 날, 저는 어르신에게 고맙다는 인사를 하지 못했습니다. 평소처럼 이어지는 질문에도 여전히

"그냥 뭐…."

하고 답했습니다. 하지만 머릿속으로는 살짝 다른 생각을 하기 시작했습니다.

'같이 사는 건 어렵겠지만, 우리 집 옆의 옆집 정도는 괜찮지 않을까?'

어쩌면, 다양성을 인정한다는 건 적당히 거리를 두고 바라보는 것부터 시작하는 게 아닐까 생각되었습니다. 제 짐작이지만 어르신은 '외로워 별'에서 오신 것 같았습니다. 외로움을 많이 타니 남에게 자기를 알리기 위해 목소리가 커지고 질문도 많아진 건 아닐까요? 제 옆 병상에 있는 분은 '나 혼자 별'에서, 앞 병상 분은 '친절해 별'에서 왔고 말입니다.

그렇다면, 저는 어느 별에서 왔을까요? '산만해 별?' 책에 나오는 아이처럼 '숨바꼭질 별?' '생각대로 별?' 어쩌면 '지 맘대로 별'에서 왔을지도 모르겠다 생각하면서 혼자 웃었습니다. 우리는 이렇게 다다다 다른 별에서 온 사람들이더라고요.

퇴원하는 날 아침,
"코드블루, 코드블루, 82병동."

하는 방송이 들리더니 사람들이 막 뛰어가는 소리가 들렸습니다. 소름이 쫙 끼쳤습니다. 드라마에서만 보던 긴급 상황이 발생한 거였어요. 잠시 뒤 전해 들은 이야기로 그 환자는 결국 사망했답니다. 문득, 그 병실에 있는 다른 환자들 마음은 어떨까 생각이 들었습니다. 우리 병실을 한번 둘러봤습니다. 나와 정말 다른 사람들. 살면서 다시 마주칠지 알 수 없을 만큼 먼 사이였지만, 그들이 아무도 죽지 않았으면 하는 간절한 마음이 들었습니다.

퇴원수속을 마치고 나오면서야 어르신에게 마음을 담은 인사를 할 수 있었습니다.

"건강하세요. 치료 잘하세요."

짧은 말이었지만요. 그리고 마음속으로 한마디 더 보탰지요.

'다다다 다른 별에서 온 우리지만, 지구별에서 만난 인연을 기억할게요.'

진심이었습니다. 그리고 나는 다른 별에서 온 사람들이 더 많이 사는 세상으로 돌아왔습니다.

오늘도 달이 밝았으면 좋겠다

『달 밝은 밤』

    얼마 전, 집을 나온 아이를 한 명 만났습니다. 아이라고 하지만, 스무 살. 대학교 1학년생이었지요. 아이는 엄마와 갈등이 심하다고 했습니다. 이러다간 무슨 일이 날지도 모르겠다는 생각에 무작정 집을 나왔다며 울먹거리더라고요. 자기는 엄마와 떨어져, 오래전에 이혼한 뒤 따로 살고 있는 아빠와 함께 살고 싶다고 했습니다.

    그런데 이 문제가 그리 쉬운 일만은 아니었습니다. 양육권과 친권을 가지고 있는 엄마가 이를 허락하지 않았기 때문입니다. 법적으로 성인이 되려면 4개월 정도가 남았는데, 아이는 4개월은커녕 하루도 견딜 수 없다고 했습니다.

    하지만 엄마의 의견은 달랐습니다. 이렇게 집을 나가는 것은 철없는 행동이고 현실회피이며, 문제를 해결하려고 노력해보지

전미화 지음, 창비

도 않고 도망가는 거라는 생각이었지요.

아이에게 물었습니다.

"너는 어떻게 하고 싶은데?"

"엄마 집에 들어가고 싶지 않은데, 엄마가 나 때문에 힘들어할까 봐 너무 걱정돼요. 근데, 이대로 들어가면 정말 무슨 일이 날 것 같아요. 저는 심각한데 엄마나 아빠는 아직도 제 상황을 잘 모르는 거 같아요."

『달 밝은 밤』(전미화 지음, 창비)은 날마다 술에 취해 사는 아빠와 그런 아빠에게 지친 엄마와 함께 사는 아이가 나옵니다. 그러던 어느 날 엄마는 어디론가 떠나버리지요. 아빠는 더 이상 술을 마시지 않고 엄마를 찾아오겠다고 큰소리를 칩니다. 그러나 사람이 쉽게 달라지진 않지요. 아빠는 여전히 술을 마시고 소리를 지릅니다. 엄마는 매달 필요한 돈을 보내지만 아이와 함께할 수는 없다고 합니다. 언젠가 돈을 많이 벌면 데리러 오겠다고 말하지만, 지금껏 한 번도 아이를 보러 오지 않습니다. 아이의 유일한 친구는 '달'뿐입니다. 아이는 생각합니다.

> 곧 데리러 오겠다는 엄마도
> 술을 끊겠다는 아빠도
> 더 이상 믿지 않는다.
> 나는 나를 믿을 것이다.
> 달과 함께 살아갈 것이다.

장면 하나하나 참 아픈 그림책이었습니다. 그러다 문득 이런 생각이 들었습니다.

'아이에게 '달'은 무엇이었을까?'

처음엔 그냥 친구라고만 생각했는데, 또 다르게 생각해볼 수도 있었습니다. 친구이기도 하지만, 어떻게 생각하면 또 다른 어른일 수도 있고, 더 넓게는 아이가 속한 사회일 수도 있지 않을까요?

'힘을 내도록 용기를 주는 달'

'의지할 수 있는 환경을 만들어주는 달'

그렇게 달 밝은 밤을 보낸 아이이기 때문에 비로소 결정할 수 있었을지도 모른다는 생각이 들었어요. '나는 나를 믿고 스스로 살아가리라' 하고요.

많은 부모들은 자기가 아이를 양육하고 보호한다고 믿습니다. 물론, 맞는 말입니다. 그러나 아이들이 양육되고 보호받아야 할 시간이 지나고 나면 스스로 자라야 합니다.

그리스 신화에 나오는 농경의 신 크로노스는 자기 아버지인 우라노스의 성기를 잘라 바다에 던져버리고 왕이 됩니다. 하지만, 그 역시 자기 자식 손에 죽을 것이라는 저주를 받게 되지요. 저주가 두려워진 크로노스는 아내 레아가 아이들을 낳을 때마다 먹어치워 버립니다. 자식을 잃은 고통에 시달리던 레아는 막내를 낳아 숨기고, 대신 돌을 보자기에 싸서 크로노스에게 아이라 속이지요.

그렇게 살아남은 아이가 바로 제우스입니다. 제우스는 성장하여 아버지 크로노스가 먹은 형제자매를 모두 토하게 하고 크로노스를 지하세계에 가둡니다.

우리나라 설화도 하나 꺼내볼게요. '아기 장수' 설화입니다. 마흔이 넘도록 슬하에 자식이 없었던 어느 부부가 치성을 드리자 신선이 나타나 학을 선물로 주면서 이 학을 잘 기르면 영웅을 낳을 수 있다고 했습니다. 그때부터 태기가 있어 열 달 뒤 아이를 순산하였는데, 겨드랑이에 날개를 달고 있는 것이었습니다.

203

영웅이 태어난 걸 알면 왕과 귀족이 자신들을 해칠 거라는 생각이 든 부부는 아이의 날개를 자르고 돌로 눌러 죽입니다.

아버지의 성기를 자르는 크로노스. 그런 크로노스를 지하세계에 가두는 아들 제우스. 모두 부모를 제압하는 것으로 자기 시대를 열어갑니다. 그런 자식을 잡아먹기도 하고, 날개를 자르고 죽이는 것이 부모이기도 하지요. 그렇게 부모와 자식은 서로를 잡아먹고 죽이는 존재이기도 한 것입니다. 어찌 보면 무섭고 불편한 이야기입니다. 신화와 설화에서는 이렇게 묘사되어 있지만, 사실 아이는 모두 부모를 극복하고 넘어서야 진정으로 성장함을 나타내는 상징입니다.

현실 세계에서도 마찬가지입니다. 아이가 부모를 극복하고 성장하기란 서로 싸우지 않고서는 해결되지 않을 문제인 것이지요. 그래서 아이들에게는 '달'의 존재가 필요합니다. 부모와 잘 싸울 수 있도록 도와주는 달. 멀리서 비춰주고, 지켜봐주는 달. 태양빛에 가려 안 보이기도 하고 가끔 구름에 가리기도 하지만, 밤낮으로 떠 있는 달. 바로 그 달 말입니다.

어쩌면 부모 세대인 우리는 자기 아이에게 죽임을 당할 각오도 해야 하지만, 한편으로는 자기 자식이 아닌 누군가에게 '달'이 될 몫도 있는 건 아닐까요? 어쩌면 우리도 그렇게 어른이 된 건 아닐까 싶습니다.

달과 함께 살아갈 것이다.

그림책 본문은 이렇게 끝납니다. 한 뼘 성장한 아이의 굳은 결심입니다. 하지만 한 장을 더 넘긴 뒤표지에는 환하고 둥근 달과 함께 이렇게 적혀있습니다.

우리가 함께 살아갈 것이다.

달의 대답이었습니다. '달'이 되어야 할 우리의 대답이기도 하고요.

저는 집을 나왔던 그 아이에게 말해주었습니다.
"너는 어떻게 하고 싶은데? 그렇게 해. 내가 도울게."

여전하지 않아야 하는 것

『삐약이 엄마』

'9살 남아 여행용 가방에 감금한 계모 긴급체포'

'캐리어 안 멍든 채 심정지… 9세 아들 학대 계모 일부 자백'

'캐리어에 갇혀 7시간 있던 9살 사망… 아이 가둔 계모 죗값은 얼마나 받을까?'

얼마 전 아동학대 관련 사건에 등장한 기사들의 헤드라인입니다. 퀴즈 하나 내볼까요? 이 기사 헤드라인의 문제점은 무엇일까요?

그림책 『삐약이 엄마』(백희나 지음, 책읽는곰)에는 악명 높은 고양이 니양이가 나옵니다. 먹을 것만 밝히는 데다 작고 약한 동

백희나 지음, 책읽는곰

물들 괴롭히길 좋아하는 고양이였지요. 어느 날 따스한 달걀 한 개를 주워 먹은 니양이. 그런데 니양이 배가 점점 불러오고 갑자기 배가 아픈 니양이는 화장실로 달려갑니다. 그렇게 니양이의 똥구멍으로 툭 튀어나온 작고 노랗고 귀여운 병아리. 그 병아리는 니양이를 보고 말합니다.

"삐약……."

니양이는 어떻게 되었을까요? 그 순간 니양이는 엄마가 됩니다. 병아리에게 '삐약이'라고 이름도 붙이고 졸졸 따라다니며 돌보기 시작하지요. 그런 니양이를 이웃들은 '삐약이 엄마'라 부릅니다. 니양이도 그 이름이 마음에 쏙 듭니다.

207

우리는 아동학대 관련 기사를 볼 때마다 계모, 계부, 양모, 양부, 의붓아들, 의붓딸… 이런 단어를 심심치 않게 만납니다. 옛날이야기 '신데렐라'나 '백설공주', '콩쥐팥쥐'에 등장해 나쁜 사람의 아이콘이 되어버린 계모. 그 계모가 어린 의붓아들을 캐리어에 넣어 죽게 했다는 것이지요. 사건의 원인이 마치 '계모'여서 발생한 것처럼 몰아가는 전형적인 나쁜 기사라 할 수 있습니다.

우리가 옛날이야기의 계모 프레임에 얼마나 갇혀 있는가를 단적으로 보여주는 이야기가 하나 더 있습니다.

'계모가 아이들을 버리자고 아버지를 구슬렸다.'

이렇게 알려진 옛이야기 '헨델과 그레텔'의 원형에는 '계모'가 아니었다는 사실입니다. 원래 '친모'였는데 이 이야기가 바뀌었다는 거지요.

보건복지부가 발표한 2018년 아동학대 통계를 살펴보면 피해 아동의 가족 유형은 친부모 가정이 55퍼센트, 재혼 가정이 5.8퍼센트입니다. 또한, 학대행위자와 피해아동의 관계를 살펴보면 친부모는 73.5퍼센트, 계부모는 5.2퍼센트, 양부모가 0.2퍼센트에 불과합니다. 대리 양육자인 친인척에 의해 발생하는 경우도 4.5퍼센트나 된다는 결과와 비교해봐도 아동학대에 대한 계모, 계부 타령은 사회적 인식이 얼마나 잘못되어 있는가를 알 수 있습니다.

게다가 우리나라 재혼 가정은 점점 많아지는 추세로 2018년 기준 10만 8,700여 건에 이릅니다. 이런 사회적 변화에도 불구하고 여전히 우리 인식은 옛날이야기에서 한 걸음도 나아가지 못하고 있는 것입니다.

예전에 작은도서관에서 일할 때의 일입니다. 한 아이가 저에게 조용히 와서 속삭였습니다.

"그런데 선생님 ○○이 엄마가 새엄마래요."

"그래서?"

제가 물었습니다.

"아니, 걔네 엄마가 새엄마라고요."

"그래서? 하고 싶은 말이 뭔데?"

아이는 멋쩍게 저를 쳐다봤습니다.

'○○이 엄마가 새엄마라는 게 뭐 어쨌다고. 나는 아무 상관없거든.'

이런 분위기를 연출한 건 사실이지만, 솔직히 그다음부터 ○○이를 좀 더 살피게 되었습니다. 저도 모르게 그렇게 하고 있더라고요. 물론, ○○이는 평소와 다르지 않았습니다. 그래도 자꾸 ○○이를 살피고 있는 저를 발견하곤 했습니다.

지금 생각해보니 어쩌면 ○○이가 제 그런 눈빛을 느꼈을 수도 있겠다 싶네요. 부끄럽습니다. 머리로는 그러지 말아야지 하지만, 저 역시 옛날이야기 프레임에서 완전히 빠져나오지 못한 것 같아서요.

니양이는 갓 태어난 삐약이가 품으로 파고들자 삐약이를 핥아줍니다. 그리고 이름을 지어줍니다. 병아리가 '삐약이'가 되는 순간. 이게 관계의 시작입니다. 그리고 니양이 역시 '삐약이 엄마'라는 새로운 이름을 얻게 되지요.

서로가 새로운 이름을 갖고 그렇게 불리게 되면 그게 그대로 관계가 됩니다. 사회적 잣대와 시선, 자극적인 헤드라인을 뽑고 싶은 언론이 계부모, 양부모라는 말로 가르고 나눌 뿐. 서로를 부르는 이름만으로 가족이 되기에는 충분하거든요. 그런 가족이 차별받아야 할 이유는 어디에도 없습니다.

게다가 세상엔 이미 다양한 가족 형태들이 존재합니다. 탈가족을 말하는 사람들도 생각보다 많고요. 이런 사회에서 계부모, 양부모 같은 용어들은 이젠 여전하지 않아도 될 명칭들이 아닐까요?

세상에는 여전해서 좋은 것들이 훨씬 많습니다.

'방긋 웃는 아이를 따라 웃게 되는 눈빛.'

'걸음마를 시작할 때 넘어질까 조마조마하면서도 한 걸음 더 오라고 내미는 손짓.'

'친구와 싸우고 돌아온 아이를 달래는 입술.'

'시험 기간 예민해진 아이 방을 지날 때 나도 모르게 들게 되는 발끝.'

'이제 다 커서 곁을 떠나게 된 아이를 한 번 꼭 안아주고 싶은

가슴.'

부모라는 이름으로 아이들을 바라보며 느끼는 감정들입니다. 그렇기 때문에 여전하지 않아야 하는 것이 있습니다. 친모, 친부, 계모, 계부, 양모, 양부. 이런 말들입니다. 이제 이런 대명사보다 서로가 서로의 이름을 부르면 충분한 그런 세상이 되어도 좋지 않을까요?

바람이 붑니다
『내가 라면을 먹을 때』

12월입니다. 올해도 다 갔습니다. 시간이 지나는 건 달갑지 않은 일이나 그래도 12월이 되면 설레는 마음이 드는 건 어쩔 수 없습니다. 좋아하는 사람들과 시간을 정해 송년회를 하고, 크리스마스 때 쓸 카드를 삽니다. 작은 선물을 마련해서 사랑하는 사람들과 나눌 생각에 들뜨기도 합니다. 이런저런 계획을 세우다 보니 갑자기 배가 출출합니다. 엊그제 사다 놓은 라면을 꺼냅니다. 계란도 하나 꺼내고요.

내가 라면을 먹을 때 옆에서 방울이는 하품을 한다.

『내가 라면을 먹을 때』(하세가와 요시후미 지음, 장지현 옮김, 고래이야기)는 이렇게 시작합니다. 방울이가 하품을 할 때 이웃

하세가와 요시후미 지음, 장지현 옮김,
고래이야기

집 미미는 텔레비전 채널을 돌리고, 이웃집의 이웃집 디디는 비데 버튼을 누릅니다. 이웃나라 여자아이는 물을 긷습니다. 그 이웃나라 아이는 소를 몰고, 그 맞은편 나라 여자아이는 빵을 팔고, 그 맞은편 나라의 산 너머 나라 아이는 쓰러져 있습니다.

바람이 붑니다.

라면을 먹다 말고 문득 떠올립니다. 그 맞은편 나라의 산 너머 나라 아이. 그 아이 이름은 2015년 배가 침몰해 익사한 3살의 난민 쿠르디입니다. 또는 2017년 군인들 총격을 피해 달아나다가 보트가 뒤집혀 죽은 16개월 아가 무함마드 쇼하예트입니다. 혹은 2019년 강물에 휩쓸려 죽은 2살 난민 아이 발레리아일지도 모르겠습니다.

라면을 먹다 말고 또 떠올립니다. 아프리카 어느 마을엔가 우물이 없어 더러운 물을 마시고 있을 아이들, 월드컵 공인 축구공을 만들기 위해 학교도 못 가고 손이 부르트도록 일을 하는 아이들, 핸드폰 부품의 재료로 들어가는 코발트를 채취하기 위해 광산에서 일하는 아이들, 초콜릿을 제조하고 만들기 위해 하루 종일 코코아 열매를 따는 아이들.

유네스코가 발표한 보고서에 따르면, 2018년 기준으로 전 세계의 5세 미만 어린이 중 거의 2억 명이 발육 부진과 쇠약 상태에 놓여 있다고 합니다. 어린이 난민 문제도 심각해서 제대로 먹거나 교육받지 못하는 어린이 난민 수가 해마다 늘고 있는 것은 물론이고, 보호자 없이 홀로 난민이 되는 어린이 수가 급증하고 있다는 보도가 계속 나오고 있습니다. 국제노동기구에서는 강제노동 아동 수를 1억 6,800만 명으로 추산합니다. 전 세계 어린이 수를 7억 명으로 봤을 때 어마어마한 숫자입니다.

라면을 먹다 말고 젓가락을 내려놓습니다. 15년 전, 책으로는 누구나 평등한 세상을 만들고 싶다는 치기 어린 생각으로 시작한 책놀이터 작은도서관. 그리고 도서관이 문을 연 첫해 크리스마스이브부터 14년 동안 한 번도 빼놓지 않고 진행했던 '이웃산타'가 생각납니다.

"산타는 있어요? 없어요?"

12월만 되면 서로 산타가 실제로 있느냐 없느냐 실갱이를 하던 아이들은 저에게 와서 묻곤 했습니다. 그러면 저는 이렇게 말하지요.

"만약에, 만약에 100만분의 1이라도 진짜 산타가 있다고 치고, 그런데 산타는 믿지 않는 아이들에게는 선물을 주지 않는다 하면 너는 어떻게 할래?"

아이들의 논쟁은 이 답으로 대부분 정리가 되지요. 그런데 한 아이는 달랐습니다.

"100만분의 1도 산타가 있을 가능성은 없어요. 저는 어렸을 때부터 산타가 있다고 믿어왔어요. 하지만 한 번도 선물을 받은 적이 없어요. 착한 일을 해도 소용이 없었고, 울지 않아도 선물은 없었어요."

초등학교 4학년이었던 아이는 무슨 이유인지는 몰라도 할머니 할아버지와만 사는 아이였습니다. 그 아이의 말이 시작이 되어 우리 도서관은 12월 24일 밤이 되면 가정 형편이 좋지 않은 아이들에게 책 한 권씩을 몰래 배달하는 '이웃산타'를 시작했지요. 세상 누구라도 착하게 살면 선물을 받을 수 있도록 하고 싶어졌거든요.

그렇게 해오던 활동을 올해는 할 수 없게 되었습니다. 개인정보 관련 법이 강화되면서 민간 작은도서관에는 아이들 주소를 제공할 수 없게 되었기 때문입니다. 10여 년 넘게 참여한 사람들이 많아서인지 여기저기 안타깝다는 얘기를 많이 하더라고요. 물론, 저도 마음이 좋지 않았습니다.

바람이 불어왔습니다. 어쩌면 나에게 이웃산타는 면죄부 같은 게 아니었을까 생각했습니다. 아이들에게는 일상이었을 가난과 질병, 고통과 공포를 눈감고 지나온 1년을 그 하루로 갚으려는 마음은 없었나 생각해봅니다. 한 해를 그렇게 마무리하면서 혼자 뿌듯해하고 이제 할 일을 다 했다 싶기도 했거든요.

이웃산타를 진행하지 못한다 하니 그마저도 못 하게 되었다는 안타까움보다 15년 만에 처음으로 놀 수 있는 크리스마스이브에 설레었던 나를 발견해버렸으니 말입니다.

다시 15년 전으로 돌아가봅니다. 만약 크리스마스이브 때만 하는 이웃산타가 아니라 일상적으로 할 일을 생각했더라면 어땠을까요? 지금도 어디선가 노동하고 있을 아이들, 전쟁에 노출되어 있는 아이들, 태어난 곳에서 살 수 없어 어쩔 수 없이 도망쳐야 하는 난민 아이들을 위해 일상적으로 뭔가 할 일을 해왔더라면 어땠을까요?

적어도 라면을 먹는 때만큼만이라도요.

내가 라면을 먹을 때.

어딘가에는 바람이 부는 것을 기억해야 합니다. 이웃집 누군가는 텔레비전 채널을 돌리고, 화장실에 앉아 비데 버튼을 누르고, 누군가는 야구를 하고, 누군가는 바이올린을 켭니다. 그리고 누군가는 물을 긷고, 소를 몰고, 빵을 팝니다. 그리고 그 건너편 어딘가에 누군가 쓰러져 있을 이 시간.

그 아이들에게도 불었을 바람입니다.

기억의 집을 하나 더 올린다
『할아버지의 바닷속 집』

    아흔여덟 개. 일주일도 안 되는 짧은 시간에 아흔여덟 개 작은 도서관이 함께하기로 했습니다. 세월호 참사를 기억하고 함께하기 위한 '#작은도서관 #416 #기억프로젝트'로 모인 아흔여덟 개 작은도서관은 개별 도서관에 '기억의 자리'를 만들고 각자 하고 있는 활동을 사진으로 찍어 오픈 채팅방에 공유하는 방식으로 이 프로젝트를 진행하기로 했습니다.

    하루에도 몇 번씩 울리는 알림 소리. 고사리 손으로 접은 노란 나비들이 날아가는 자리를 마련하기도 하고, 노란 배를 접어 천장에 매달기도 합니다. 노란 풍선을 불기도 하고, 솜씨 좋은 분들이 바느질로 만든 작품이 전시되기도 합니다.

    '저 나비는 어떻게 접는 거예요?'

    나비 접는 방법이 공유됩니다.

가토 구니오 그림, 히라타 겐야 글,
김인호 옮김, 바다어린이

'이 큰 종이는 어디서 파는 거예요?'

종이 구입처 링크가 공유됩니다.

서로 댓글이 이어집니다. 그리고 서로가 서로에게 말합니다.

'이렇게 함께 기억하게 해줘서 고맙다'고.

『할아버지의 바닷속 집』(가토 구니오 그림, 히라타 겐야 글, 김
인호 옮김, 바다어린이)에 나오는 할아버지는 바다 위에 쌓아 올
린 낡은 집에서 혼자 삽니다. 할아버지는 살던 집이 물속에 잠겨
버리면 잠긴 집 위에 새로 집을 짓고, 그 집이 잠기면 그 위에 또
새 집을 지으면서 계속 이 집에서 살아갑니다.

그러던 어느 날, 다시 집을 짓던 할아버지는 실수로 연장을 바
닷속에 빠뜨립니다. 잠수복을 입고 연장을 찾으러 가는 할아버

지. 연장들은 삼 층이나 아래에 있는 집에 떨어져 있었습니다. 이 집은 할머니와 함께 살던 마지막 집이기도 했지요.

할아버지는 조금 더 아래로 헤엄쳐 들어가보기로 합니다. 그리고 기억해냅니다. 할머니가 돌아가시던 날, 마을 축제가 있던 날, 딸이 시집가던 날, 키우던 새끼 고양이를 기억하고, 처녀였던 할머니를 기억하고, 아직은 할아버지가 어렸을 때를 기억합니다. 그렇게 하나하나 지난 일들을 다 기억해낸 할아버지는 다시 올라와 마저 집을 짓습니다. 그렇게 또 그 집에서 살아가기 시작합니다.

기억이라는 건 이런 것입니다. 지금 살고 있는 집을 지탱하고 있는 바닷속에 잠긴 집들처럼 나를 버티게 하는 힘입니다. 그것이 좋은 기억이건 아픈 기억이건 결국 내가 살아온 과정이니까요. 가끔 조금 더 아래로 조금 더 깊숙이 기억해내고 다시 내 자리로 돌아옵니다. 그렇게 지나는 삶의 반복 덕분에 오늘 또 한 칸 집을 더 올릴 힘이 남아 있는 건지도 모르겠습니다.

할아버지의 기억은 할머니가 돌아가시기 전과 후로 나뉩니다. 흥성거리던 마을이 바닷물에 잠긴 뒤에도 할아버지가 계속 집을 올리며 이곳에 머무는 건 어쩌면 이제는 그 기억을 지켜내는 것 자체가 이 할아버지의 삶이 된 건 아닌가 싶기도 합니다.

우리도 그렇습니다. 누군가는 '아직도 세월호'냐고 할지 모르지만, '여전히 그렇습니다.' 노란 개나리가 피고 분홍 벚꽃이 피어 흩날릴 때 쯤이면 할아버지 집 거실에 물이 스미듯 그때 기억이 떠오르곤 합니다.

그러면 우리는 또 기억의 집을 하나 올립니다. 그렇게 기억이 날 뿐이고, 기억할 뿐입니다. 할아버지는 혼자지만, 우리는 함께라서 여럿이 집을 올립니다. 조금씩 손을 보태 집이 완성되어갑니다. 새로 올린 할아버지의 집에 봄이 오자, 벽틈으로 민들레가 핍니다. 할아버지는 그 민들레를 보며 빙긋이 웃지요.

아흔여덟 작은도서관들이 모인 오픈 채팅방에 또 알림이 울립니다. 오늘은 캘리그래피 동아리가 '리멤버'라는 글귀를 넣어 쓴 작품으로 기억의 자리를 꾸몄다는 작은도서관 소식이 올라와 있습니다. 청소년 자원활동가 아이들이 꾸민 작은 자리에 적힌 이야기들도 눈에 들어오고요. 제주에 있는 어느 작은도서관에서는 제주에 도착하지 못한 아이들을 종이로 오려 배에 태우고 항해하는 퍼포먼스를 한다고 합니다. 그 사진들 사이사이 댓글이 달립니다.

'함께 기억하게 해줘서 고맙다.'

저도 댓글을 달아봅니다.

'함께 기억하니까 좋네요.'

빙긋이 웃습니다.

221

충분히 위로할 시간을 보낸다는 것
『잘 가, 안녕』

책은 인간의 삶에 위로가 되기도 할까요? 아주 오랜 역사 동안 인간과 책은 함께 존재해왔습니다. 지식과 정보의 보고이자 기록의 수단으로 존재해오기도 했지만, 많은 경우 삶의 위안이 되고 아픔을 치유하는 역할을 해왔지요.

그랬던 책이 어떤 위로도 되지 못한 때가 있습니다. 사실 책 뿐 아니라 어떤 것도 위로되지 않았지만요. 다, 그냥 멍하니 하루하루를 살아냈습니다. 눈을 뜨고 뭔가를 먹는 일, 사람들을 만나 이야기를 나누는 일. 뒤돌아보면 기억나지 않는 공기들이 며칠 주변을 머물렀습니다. 아마 저뿐 아니라 대부분 사람들이 그러했을 거예요.

김동수 지음, 보림

'10.29 참사'라 불리는 그 일이 있은 직후, 세상에 이렇게 많은 사람들에게 안부를 물은 일이 있었나 싶었습니다.

'안녕하냐?'

'괜찮냐?'

물었습니다. 서로의 생사를 확인하고, 마음을 확인했습니다. 하지만 내 주변에 희생자가 없다는 게 다행이라는 생각이 들지는 않았습니다. 그냥 아프고 아프고 아팠습니다. 서로를 향한 날선 목소리들 때문에 속이 더 까끌거렸습니다. 누군가에게 책임을 지우려는 태도도 못마땅했고요. 섣불리 원인을 찾아 빠르게 해결하고 넘어가려는 모습이 역겹기까지 했습니다. 뭐든 다 마음에 안 드는 저를 발견했습니다. 누구를 향해야 할지 모를 분노였습니다. 설명할 수 없는.

『잘 가, 안녕』(김동수 지음, 보림) 그림책을 넘기면 바로 트럭에 깔려 있는 강아지가 보입니다.

퍽. 강아지가 트럭에 치여 죽었습니다.

이렇게 시작하는 책. 강아지를 발견한 할머니는 강아지를 리어카에 싣고 집으로 갑니다. 할머니 방에는 이미 차에 치여 죽은 다른 동물들이 누워 있었습니다. 할머니는 오래된 반짇고리를 꺼내 흩어진 동물 조각들을 꿰맵니다. 붕대도 감아줍니다. 그리고 고이 이불에 누이지요. 새벽이 되자 할머니는 동물들을 리어카에 싣습니다. 그리고 그 리어카를 끌고 강으로 갑니다. 조각배에 동물들을 띄웁니다. 꽃도 몇 송이 놓아둡니다.

시작은 '추도追悼'여야 했습니다. 슬퍼할 도悼를 먼저 썼어야 했습니다. 할머니가 죽은 동물들을 가여워하는 마음이 그들을 다시 잇는 행동으로 나타나고, 떠나보내면서 꽃을 올리는 마음이 되었던 것처럼 우리도 그렇게 했어야 합니다. 하지만 그리되지 못한 시간은 여전히 슬픔 없는 위로만 요구할 뿐입니다.

종교별 장례 문화는 다 다르지만, 공통점은 '슬퍼할 시간'을 지내는 것이라 합니다. 조용한 시간을 보내고 죽은 자를 떠나보내는 것이지요. 불교에서는 죽은 후 다음 생을 받기까지 기간을

49일로 생각하고 49일이 되었을 때 그 사람을 영원히 보내준다는 의미로 49재라는 걸 지냅니다.

기독교에서는 고인을 하나님께 의탁하는 의례를 치릅니다. 죽음을 영원한 이별이라 생각하지 않고 다시 부활할 것을 소망하는 마음을 담지요.

우리나라 천주교에는 '연도'라는 독특한 방식의 장례문화가 있는데, 신자들이 찾아와 '연옥에 있는 영혼들을 위한 기도문'을 읽어주는 것입니다. 죽은 이들의 영혼을 위해 기도해주고 그들과 그들 가족들을 위한 위로를 전하는 행위이지요.

이러한 장례 문화들은 어찌 보면, '죽은 사람'을 위한 시간이기도 하지만, 살아 있는 사람들을 위한 시간이기도 한 것입니다. 그런데 한곳에서 이렇게 많은 사람들이 짧은 시간에 죽어간 참사를 두고 우리는 너무 서둘러 많은 말을 하고 있던 건 아닐까요?

1989년 영국에서 일어난 '힐스버러 참사' 이야기를 잠깐 해보겠습니다. 축구 경기장인 힐스버러 스타디움에서 관람객 94명이 압사하고 이후 3명이 사고 후유증으로 추가 사망한 사건입니다. 부상자도 766명이나 되었지요. 영국에서 축구 관련 사고 중 가장 많은 목숨을 앗아간 사고로 기억되어 있습니다.

사고 이후 책임 공방이 이어지면서 많은 논란을 가져왔습니다. 경찰이 '음주한 리버풀 팬들의 횡포'가 가장 큰 원인이라고 보고 '단순사고'로 결론을 내렸기 때문입니다. 언론도 이런 결론을 대대적으로 전파하고 나섰지요. 심지어 드라마에도 당시 상황을 이야기하며 리버풀 팬을 비난하는 대사가 나오기도 했다고 합니다.

그러나 유가족들과 연대하는 시민들은 끊임없이 희생자의 명예회복을 위해 싸웠습니다. 20여 년이 지난 2016년 영국 법원은 이 참사의 과실이 모두 경찰과 정부에 있음을 인정했고, 영국 경찰은 2023년에야 공식적으로 사과합니다.

'힐스버러 참사'는 축구장 문화를 많이 바꾼 사건으로도 알려져 있습니다. 입석이 없어졌으며 보호 철망을 없애기도 했지요.

아마 이태원에서 일어난 '10.29 참사'도 많은 것들을 바꿔놓게 되겠지요. 많은 문제들을 해결해야 할 것이고요. 그렇게 되기 위해서는 긴 호흡이 필요할 것 같습니다.

『잘 가, 안녕』 속 할머니는 찢어진 동물들을 꿰매 이불에 눕힌 뒤 그 옆에 자리를 폅니다.

'다들 잘 자네.'

마음속으로 말하고 동물들을 보며 곁에 눕습니다. 할머니는 그때야 '휴우' 하고 짧은 숨을 쉬지요. 새벽이 올 때까지 그렇게 함께 마주합니다.

우리에게도 충분한 위로와 추모의 시간이 필요합니다. 찢어진 몸과 마음을 이을 시간을 보내야 하기 때문입니다. 그렇게 몸과 마음을 잇고 함께 누워 마주 볼 시간도 필요합니다. 그렇게 시간을 보내고 나면 조각배를 띄우고 꽃을 보낼 때가 옵니다.

다들 '휴우' 한숨 한 번 쉬면 어떨까 합니다. 생각보다 길게 가야 할지도 모르는 길에 함께 나서려면요.

낚아챈 행복으로 묶은 매듭
『마녀의 매듭』

행복의 냄새를 맡을 수 있다면?

당연히 그 냄새를 좇아가겠지요. 그리고 그 실체를 발견하는 순간, 낚아채 오겠지요. 행복이 달아나지 못하게 머리카락에 매듭을 묶는 것도 좋은 방법일 테고요. 그럴 수만 있다면 참 좋겠는데 말입니다.

진짜 그런 능력을 가진 마녀가 있었습니다. 그림책『마녀의 매듭』(리사 비기 글, 모니카 바렌고 그림, 정원정·박서영 옮김, 오후의소묘)에 나오는 마녀는 행복의 냄새를 맡을 수 있었습니다. 마녀는 행복을 낚아채 긴 머리카락에 촘촘히 땋았지요. 하지만 다음 날이면 행복은 어김없이 시들어버리고 마녀의 마음엔 그늘이 졌습니다.

리사 비기 글, 모니카 바렌고 그림,
정원정·박서영 옮김, 오후의소묘

마녀를 견디지 못한 숲속 동물들은 회의를 열어 마녀를 없애기로 합니다. 이런저런 꾀를 내지만 작전은 번번이 실패합니다. 마지막으로 나선 오소리는 마녀를 없애려는 계획 대신 마녀에게 숲속 파티에 와달라고 초대장을 보냅니다. '숲속 파티라니…' 갈등하던 마녀는 결국 파티에 가기 위해 매듭을 풀고 머리를 감습니다. 그렇게 파티에 나타난 마녀에게 오소리가 말합니다.

"춤추시겠어요?"

과연 '행복'의 실체는 무엇일까요?

"넌 아무 데도 못 가!"

229

마녀는 행복을 머리에 매듭지어 묶지만 그 행복은 계속되지 못하고 다음날이면 시들어버립니다. 어딘가에 존재하고 있고, 냄새는 맡을 수 있지만, 내 것이 되면 시들어버리는 게 무슨 행복일까요?

혹시 나만의 것이 아니었던 행복을 낚아챈 결과는 아닐까요? 아무도 못 가져가게 내 머리에 꽁꽁 묶어두어도, 그것은 나만의 것은 아니었기에 묶어두면 그 존재의 이유마저 사라지는 건 아닐까요?

어쩌면 '행복'이라는 것 자체가 그런지도 모르겠습니다. 혼자만 가져서는 안 되는 것. 모두의 것이 되어야 존재할 수 있는 것일지도요. '함께해야 행복하다'는 말은 오래된 명제입니다. 많은 사람들이 비슷한 논조의 말을 사용하지만 실제 내 삶에 적용될 때는 다른 얼굴이 드러나기도 합니다.

내가 사는 지역의 이익이 더 중요합니다. 내 아이가 다니는 학교의 이익이 더 중요하고, 내 식구가 근무하는 직장의 이익이 더 중요합니다. 장애인들이 차별받는 것은 안 되지만 내가 다니는 길이 누군가 때문에 불편하지 않았으면 좋겠고, 가난한 사람들이 거리로 내몰리는 건 야박하다 생각하지만 내 소유 부동산이 있는 지역이 개발되어 시세차익을 얻었으면 합니다. 지구온난화로 투발루라는 섬이 물에 잠기는 것은 안타깝지만 우리 아이가 즐길 스키장이 만들어지고 내가 놀 골프장은 가까운 곳에 있었으면 좋겠습니다.

'낚아챈 행복.'

아니, 정말 다른 사람의 행복을 낚아챌 생각은 없었습니다. 그저 행복의 냄새를 좇았을 뿐이고, 느껴지는 행복을 내 머리에 매듭지었을 뿐입니다. 그렇게 묶인 행복이 다음날 시들어버리는 까닭에 '행복하다' 느끼지 못하고 삽니다. 그것이 낚아챈 행복이기 때문이라 생각하고 싶지는 않습니다.

그런 마녀에게 손을 내민 건 오소리입니다. 오소리는 마녀를 찾아가 문을 두드리는 대신 초대장을 보냅니다. 거기 모인 숲속 동물들의 행복한 모습을 보며 마녀가 스스로 깨닫기를 바라는 마음이었는지 모릅니다.

사실, 우리는 생각보다 자주 초대장을 받습니다. 오래전에는 『혼자만 잘 살믄 무슨 재민겨』(현암사)를 쓴 전우익 선생님에게 "함께 살자"는 초대장을 받았고, 얼마 전에는 진주 김장하 선생님에게서 '저울처럼 평등하다'라는 말인 '형평'에 대해 생각해보자는 초대장을 받았습니다. 그뿐인가요? 동네 작은 공동체를 함께 회복하자는 초대장도 받고, 생명에 대해 생각하고 타인을 혐오하지도 차별하지도 말자는 초대장도 받았습니다.

모르는 사이 낚아챈 행복들이 내 머리에 매듭지어 시들어 있지는 않은지 거울을 한번 봅시다. 매듭을 풀고 머리를 감을지 말지는 오롯이 내 몫입니다.

경계선 너머에도 사람이 있다
『들어갈 수 없습니다!』

"들어오지 마세요."

며칠 전, 일산도서관에서 아이들과 '나무 문패 만들기'를 하던 목공방장님이 말씀하셨습니다.

"이 말은 주로 초등학교 4학년 학생이 가장 많이 적는 말입니다. 여러분은 자기 방 문패에 뭐라고 적을지 궁금합니다."

아이들은 공방장님 말에 공감한다는 듯 고개를 끄덕이다가 자기 방 문패에는 뭐라고 적을지 고민에 빠진 듯 보였습니다. 나중에 완성된 문패를 보니

'나는 5학년, 그래도 들어오지 마세요.'

라고 쓴 아이가 있더군요. 참여한 아이들 모두가 웃었습니다. 저도 따라 웃었습니다.

전정숙 글, 고정순 그림, 어린이아현

'들어오지 마세요.' 아이들이 이런 문패를 내거는 이유는 쉽게 짐작할 수 있습니다. 이제 어른들에게 간섭받고 싶지 않다는 뜻이겠지요. 성장과정에서 자기만의 영역을 갖고 싶어 하는 것은 자연스러운 현상이니까 이해가 됩니다.

아이들 풋말은 웃어넘길 수 있습니다. 하지만 사회에서 만나는 '들어오지 마시오'는 조금 다릅니다. 나도 모르게 흠칫 주눅이 들곤 합니다.

그림책 『들어갈 수 없습니다!』(전정숙 글, 고정순 그림, 어린이아현)는 이렇게 알게 모르게 우리 사회에 그어진 선, 들어갈 수 없는 곳에 대한 이야기입니다.

출입증이 없으면 들어갈 수 없는 곳, 정해진 시간에만 들어가도록 허락된 곳, 위험해서 들어갈 수 없는 곳이 있습니다. 비싼 값을 치러야만 들어갈 수 있는 곳을 비롯해 한 걸음도 더 나아갈 수 없는 바리케이드가 쳐진 곳에 대한 이야기가 나오지요. 그러다가 책은 어느 아파트 앞의 풍경을 보여줍니다. 허락된 사람들만 들어갈 수 있도록 되어 있어서 트럭을 먼 입구에 세워놓고 짐을 옮기는 택배 기사의 모습입니다. 그런가 하면, 아주 오랫동안 들어갈 수 없던 곳, 남과 북을 나누는 경계선들도 나오지요. 모두 우리가 넘어서 들어갈 수 없는 곳들입니다.

필요에 의해 그어진 선들에 익숙해진 우리는 스스로 선을 만들기도 하고, 누군가 만들어놓은 선을 지키기도 하면서 그것이 옳은 것이라 믿어왔습니다. 필요에 의해서 만들었다고 하나, 사실은 어느 순간 누군가를 밀어내는 이유가 되기도 한다는 걸 알면서도 말입니다. 코로나19 상황에서는 이 문제가 더 수면 위로 올라왔습니다. 많은 것들이 '온라인'으로 처리되었습니다. 엄중한 시기니까 최대한 비대면으로 하는 것이 안전하다는 것에는 동의합니다. 하지만 그로 인해 '출입금지'당한 사람들은 어떻게 해야 할까요?

공공도서관 대출 시스템이 미리 인터넷으로 예약된 책만 대출이 되도록 바뀌자 실물 대출증으로 데스크에서 책을 빌리는 방법만 알고 있는 어르신들은 더 이상 도서관에서 책을 빌릴 수 없게 되었습니다. 인터넷에 들어가 예약시스템을 사용해야 하는데 그 방법을 모르기 때문이지요.

"그럼 어떻게 해요?"

많은 도서관에 하루에도 몇 번씩 전화가 온다고 합니다. 하지만, 전화로 예약 시스템을 설명하기란 역부족입니다.

QR코드를 찍어서 출입을 증명해야 하는 카페도 마찬가지입니다.

"핸드폰 카메라를 열어서 QR코드를 찍으시면 돼요."

설명하면 모두들 핸드폰 카메라로 '찰칵' QR코드를 찍습니다. 물론 될 리 없지요.

키오스크로 음식을 주문하고 결제를 하는 식당은 평소에도 들어가기 어려웠는데, 코로나19 상황이 되면서는 키오스크 사용법을 물어보기조차 쉽지 않아 역시 모두 들어갈 수 없는 곳이 되어버렸습니다. 스마트폰이 아닌 구형 폴더 폰만 가지고 있는 사람들은 갈 곳이 없어졌습니다. 이런저런 서류를 들고 다니면 된다지만, 가게마다 그런 서류를 확인해줄 인력이 없어 QR코드만 이용 가능하게 해놓은 곳들이 많았거든요.

마스크로 인해 의사전달이 쉽지 않은 장애인들은 예전보다 훨씬 더 자기의사를 밝히기 어려워졌고, 어르신주야간보호센터와 장애인복지관을 비롯한 장애인 시설이 문을 닫으면서 제대로 보호받지 못하는 발달장애인 가족이 사망했다는 소식도 들려왔습니다.

집에 디지털 환경을 제대로 갖추지 못하거나, 돌봐줄 어른이 없이 낮 시간을 혼자 지내는 어린이들은 비대면 학습을 제대로 받지 못해 그렇지 않은 아이들과 비교했을 때 현격하게 학력격차가 나기 시작했다는 조사결과도 나옵니다.

디지털 불평등 분야 대표적 사회학자인 미국 산타클라라 대학교 로라 로빈슨 교수는 최근 연구 결과를 토대로 이렇게 말했습니다.

"이러한 디지털 불평등은 경제적 계급, 성별, 인종, 노화, 장애, 의료, 교육 수준, 시골 거주 등의 측면에서 발생하고, 생산과 소비 차원에서도 격차를 만들어 내는 등 정보소외 격차로 인한 문제가 점점 더 커질 것이다."

인간을 편리하게 하고자 만들어진 기계들과 디지털 세상이 인간소외를 만들어낸다는 뜻입니다.
솔직히, 가끔
'지금은 어쩔 수 없다.'
생각도 합니다. 위기 상황이니까요. 하지만 그건 경계 안에 있기 때문에 할 수 있는 생각이 아닐까요? 경계 밖 사람들에게
'할 수 없다.'
'배우고 익히는 노력을 해서 선을 넘어라.'

하는 것은 물리적인 선뿐만 아니라 사람과 사람 사이 마음의 선까지 긋는 것은 아닐까 고민해봐야 합니다. 이렇게 내가 선을 긋고 있다는 사실을 인지하지 못하고 살다가 어느 날, 문득 나도 '출입금지' 푯말 앞에 서게 될지 모르는데 말입니다.

'들어갈 수 없습니다.'

경계선을 넘어 들어오라고만 해서는 안 됩니다. 내가 경계선을 넘어 그들 옆에 서야 합니다. 경계선을 넘어야 들어갈 수 없다는 푯말이 보일 겁니다. 그다음은, 무얼하면 될까요? 함께 힘을 합쳐 힘껏 떼어내면 될 일입니다. 들어갈 수 없는 곳이 들어갈 수 있는 곳이 되는 순간이 될 겁니다.

함께하지 않겠소?
『어느 우울한 날 마이클이 찾아왔다』

띵동, 띵동, 띵동, 띵동, 띵동, 띵동, 띵동, 띵동, 띵동, 띵동, 띵동, 띵동, 띵동, 띵동, 띵동.

어느 날 시끄럽게 초인종이 들려 문을 열었더니 낯선 공룡 한 마리가 서 있었습니다.

"난 춤추는 공룡이오."

자신을 소개한 공룡은

"당신이 우울하다는 소식을 들었다."

전미화 지음, 웅진주니어

하며 음악을 틀고 춤을 추기 시작합니다.

"난 생각이 많을 뿐이야. 우울 따윈 하지 않아!"

라고 외치던 주인공도 어느새 몸을 흔들고 춤을 추기 시작합니다. 한참 그렇게 춤을 추고 나서야

"반갑소. 마이클이오."
"내 이름은 달보네."

하고 서로를 소개합니다. 마이클은 말합니다.

239

"함께하지 않겠소?"

그림책 『어느 우울한 날 마이클이 찾아왔다』(전미화 지음, 웅진주니어)는 누군가의 집에 초인종을 누르는 것으로 시작해 마지막에도 '딩동' 초인종을 누르는 소리로 끝납니다. 하지만 이번에는 마이클 혼자가 아닙니다.

'인간은 무엇으로 살아가는가?'

아주 오래된 질문에 대한 답을 정확히 할 수 없을 것 같습니다. 하지만 한 가지는 확실합니다.

'무엇으로 사는지 모르겠으나, 혼자 살아갈 수는 없다.'

2018년 1월, 세계 최초로 '외로움부 장관' 직이 생긴 나라가 있습니다. 영국입니다. 일본도 코로나19 이후 극단적 선택을 하려는 사람들이 급증하면서 2021년 2월 '고독·고립 담당 장관'을 임명하고 총리관저 내각관방에 고독·고립 대책실을 출범시킵니다. '개인의 문제'라 치부되던 외로움과 우울을 국가가 나서서 해결하려는 이유는 간단합니다. 우울과 외로움이 '사회적' 문제이기 때문입니다. 외로움을 줄이는 일이 의료비는 물론 교통사고와 범죄, 극단적인 선택을 줄이는 것과 직결된다는 것이 이 두 나라가 갖고 있는 공통된 문제의식입니다.

'외로움'이라는 사회문제는 코로나19 상황 이후 더욱 심각해졌습니다. 지난 7월 시장조사기업 엠브레인의 트렌드 모니터에 따르면[3] 한국 성인의 87.7퍼센트가 '우리 사회는 외롭다'라고 대답했다고 합니다.

주목할 것은 젊은 세대일수록 SNS 등을 통해 느끼는 상대적 박탈감이 크고 외로움을 더 많이 느낀다는 것입니다. 문제는 이런 외로움을 해소하는 방법 역시 개인적이어서 TV를 시청하거나, 그냥 자거나, 맛있는 음식을 먹거나, 음악을 감상하거나, 산책을 선택하고 있다는 것입니다. 순간의 효과는 있을지 모르지만 근본적인 해결방법은 아니라는 게 전문가들 의견이기도 합니다.

'함께 모여 수다 떨고 노는 것.'

누군가에게 하찮아 보이는 이런 것들이 결국은 사람이 몸도 마음도 건강하게 살아가는 이유라는 얘기입니다. 그리고 그것은 단순히 '개인의 욕구'를 충족시키는 것이 아니라 다양한 '사회적 문제'를 해결하는 방법이기도 합니다.

그렇게 본다면 '함께 모여 노는 것'에 국가나 지자체가 세금을 쓰는 것은 매우 중요한 일입니다. 수량이나 액수도 중요하지만 방향도 중요합니다. '모여서 활동을 하는 것'뿐 아니라 '모여서

---

3 2022년 7월 2일 자 『중앙일보』, '日선 고독장관 등장⋯ 외로움 덮친 한국, 그마저도 혼자 푼다'에서 인용.

먹는 것, 이야기 나누는 것', 다시 말하면 '모이는 것 자체'에도 사용될 수 있도록 유연하게 작동해야 합니다.

이렇게 말하면 누군가는 세금인데 그렇게 쓰면 되겠냐고 합니다. 세금은 공적인 것에 써야 한다고 하면서요. 공공의 일이라는 것은 무엇일까요? 도로를 고치고 신호등을 바꾸고 길가에 꽃밭을 조성하는 일도 중요합니다. 하지만 인간이 존재하는 데에 그걸로는 충분하지 못하니까요. 함께 살도록 돕고, 함께 즐겁게 살 수 있도록 하는 일 역시 공공의 일이 되어야 합니다. 오죽하면 '외로움부'라는 것까지 생겨났을까요. 이제는 하드웨어를 갖추는 일보다 사람들이 삶을 좀 더 들여다보고 함께 행복해질 수 있는 방식의 촘촘한 소프트웨어가 필요한 시대이기도 합니다.

생활문화를 활성화해서 서로 모여 뭔가를 함께 하거나, 다양한 공동체 속에서 서로 인사하고 웃으며 살아가고, 평생학습을 통해서 서로가 서로에게 배우는 시민의 삶에 밀착된 일상들이 점점 더 중요해진다고 볼 수 있는 거지요. 놀고 즐기는 것이 흥청망청 사는 게 아니라, 서로의 삶을 좀 더 잘 살게 하기 위한 방향이라는 점을 잊지 않았으면 합니다.

정책적인 부분만 아니라, 우리의 삶도 그렇게 기획해야 하지 않을까요? 연말이 되면 많은 사람들이 한 해를 결산하면서 '얼마나 많은 성과'를 냈는지 생각하고 이야기를 나누곤 합니다. 또한 새해 계획을 새로 세우기도 하지요. 뭔가 계획을 세울 때마다 우리는 자기 계발과 성장 중심으로 사고하곤 합니다. 책을 몇 권

읽겠다거나 운동을 하겠다는 결심을 하지요. 나쁘지 않은 계획들입니다.

하지만 이런 계획도 하나 더 추가해보면 어떨까요? '마이클'이 되어보는 겁니다. 내가 마이클이 되어 누군가 집에 초인종을 누릅니다. 그리고 함께 춤을 춥니다. 그것으로 그치지 않고 한 마디 더 합니다.

"함께하지 않겠소?"

사람들 안에서 행복한 계획을 만드는 삶이 되시길.

모두들, 메리 크리스마스
『마르게리트 할머니의 크리스마스』

그래서 더 이상 외출하지 않아요.

마르게리트 할머니 얘기입니다. 그림책『마르게리트 할머니의 크리스마스』(인디아 데자르댕 글, 파스칼 블랑셰 그림, 이정주 옮김, 시공주니어) 주인공 마르게리트 할머니는 집 밖으로 나가지 않습니다. 미끄러져 넘어지거나, 감기에 걸리거나, 강도를 만날지도 모르기 때문입니다. 먼저 세상을 떠난 사랑하는 남편과 친구, 오빠처럼 할머니 차례가 오는 것이 두려웠기 때문이지요. 식구들에게 괜찮다고 말하며 크리스마스를 혼자 보내는 것도 오래된 습관입니다. 괜히 밖에 나갔다가 무슨 일을 당할지 모르니까요. 괜찮습니다. 올해 크리스마스도 혼자 저녁을 먹으며 텔레비전을 볼 계획입니다.

인디아 데자르댕 글, 파스칼 블랑셰 그림,
이정주 옮김, 시공주니어

그런데 크리스마스 날 집 밖에서 갑자기 큰 굉음이 들리더니 초인종이 울립니다. 할머니 집 앞에서 작은 사고가 난 가족들이 전화를 빌리고, 화장실이 급해 번갈아 할머니에게 도움을 요청하기 위해 누르는 소리였습니다. 그 소리들은 할머니의 크리스마스를 완전히 뒤바꿔놓지요.

밖은 위험합니다. 코로나19 이후 집 안에만 머무는 사람들이 많아졌습니다. 그때는 모두들 사람과 스치는 일을 두려워했습니다. 누군가와 마주 앉아 이야기를 나누는 일도 무서운 일이 되었었죠. 마르게리트 할머니는 그래도 일주일에 한 번 냉동식품을 배달해주는 배달부라도 마주합니다만, 우리는 배달부와 마주하지도 않았습니다. '코로나 바이러스가 확산됨에 따라 비대면으로 배송합니다'라는 문자가 오고 문 앞에 상자가 놓였습니다. 팬데믹이 지난 후에도 비대면 배송은 이제 당연한 일이 되었습니다. 전문가들은 앞으로도 또 다른 팬데믹이 올 수도 있다고 경고합니다. 그때마다 우리는 이렇게 만나지 않아야 할까요? 물론 재난 상황이니 참아야 할 것 같습니다. 다들 겪는 고통을 함께 나눠야 하니까요. 나를 살리고 우리 가족을 살리기 위해서라도 그래야 합니다.

하지만 그래도 꼭 만나야 하는 사람들이 있습니다. 매해 2,400여 명. 하루 평균 6명. 산업재해로 죽어가는 노동자들은 만나야 합니다. 아직도 해결되지 않은 세월호 참사 문제. 희생자와 유가족들도 마찬가지입니다. 여전히 차가운 어딘가에 서 있는 그들을 잊어서는 안 됩니다. 주검이 된 어머니 곁을 지키다 홀로 나와 노숙을 하는 발달장애인, 하루 14시간 일하다 뇌출혈로 쓰러져 아파트 한 구석에서 죽어간 택배노동자도 우리가 만나야 할 사람들입니다.

마르게리트 할머니는 두려움을 무릅쓰고 도움을 받으려 초인종을 누른 아빠를 받아들이고, 아이와 엄마를 받아들입니다. 그러고 나서 밖에서 들리는 소리에 귀를 기울입니다. 그리고 문을 엽니다. 할머니의 도움을 받은 그들이 떠나고 할머니는 드디어 밖으로 나옵니다. 눈 속을 걷고, 하늘을 봅니다. 할머니의 크리스마스는 그렇게 달라집니다. 삶이 달라지게 됩니다.

여전히 밖에 있는 사람들. 그들이 누르는 초인종에 귀를 기울이고 바깥에서 들리는 소리를 들으려 해야 같이 살 수 있습니다.

할머니는 죽음을 두려워했지만, 정작 할머니가 두려워한 것은 삶이었어요.

책 속 마지막 글귀입니다. 우리도 그렇지 않을까요? 죽음을 두려워하지만, 그것보다 더 두려운 건 산다는 것일지 모르겠어요. '잘 산다는 것이 뭘까' 끊임없이 묻고 대답해야 하는 것이지요. 결국 인간답게 살아내는 것으로 진짜 살아지는 것. 나 혼자가 아니라 함께 살아내는 삶을 사는 것은 아닐까 생각됩니다.

곧 크리스마스입니다. '메리 크리스마스Merry Christmas'. 여기서 메리Merry는 그리스어에서 유래된 말로 '즐거움'을 뜻한다고 합니다. 어쩌면 모두가 '메리 크리스마스'한 세상은 없을지 모르겠습니다. 그래도 올해는 밖에서 들리는 초인종 소리에 빼꼼 문을 열고 그들의 소리를 듣는 것으로, 그렇게 만나는 것으로 나의 크리스마스를 맞이하면 좋겠습니다. 문을 열고 나가 한마디 하면 더 좋을 테고요.

모두들, 메리 크리스마스.

세상을 바꿀 수 있을지 모르겠습니다. 하지만 무엇이라도 해보는 건 필요하겠지요. 무언가 해보기 전에 먼저 가져야 할 태도가 있습니다. 따뜻한 심장과 차가운 머리, 그리고 들으려는 귀와 그 귀를 위해 다문 입술입니다. 좀 더 시간을 들여서라도 한 번 더 생각해보는 자세도 필요합니다. 그러기 위해 우선할 것은 '왜?'라는 질문입니다. 답을 찾아가는 과정에서 우리는 세상과 좀 더 잘 마주하는 방법도 배울 수 있습니다. 혹시 내가 틀리지 않았나 의심도 해봅니다.

그림책은 세상에 대해 생각해보기에 아주 좋은 기회를 줍니다. 어떻게 해야 치우치지 않는지 말해주기도 합니다. 어떤 때는 한 걸음 더 나아갈 용기도 줍니다. 큰 담론에만 휩싸여 균형을 잃고 있지 않은지 돌아보게 합니다.

세상을 향해 말하고 싶은 게 있다면 그림책을 펼쳐보시길요. 세상을 향해 던지는 질문을 좀 더 세밀하게 정리할 기회를 얻게 될 겁니다.

5

그림책,
세상에 질문을 던지다

~~~~

이 세상에는 꿈을 꾸는 사람과

행동을 하는 사람 모두가 필요하다.

그리고 그 중에서 가장 필요한 사람은

바로 꿈을 꾸면서 행동하는 사람이다.

- 세라 본 브래넉

윤여림 글, 이명하 그림, 『상자 세상』, 천개의바람.

해석하기 전에 들어보시오

『이파라파 냐무냐무』

"우리 마시멜롱들을 냠냠 맛있게 먹겠다는 말이야!"
"이대로 냠냠 먹힐 수 없어요! 우리도 싸울 수 있어요!"

마시멜롱들이 공격을 시작합니다. 하지만 생각보다 쉽지 않습니다. 커다란 털숭숭이는 마시멜롱의 공격을 받아도 끄떡없었거든요. 마지막 남은 방법은 활활 불을 던지는 거. 마시멜롱들은 한마음 한뜻이 되어 마지막 공격을 준비합니다. 그때, 작은 마시멜롱 하나가 손을 듭니다.

"정말 털숭숭이가 우리를 냠냠 먹으려는 걸까요?"
'가 봐야겠어.'

이지은 지음, 사계절

작은 마시멜롱은 털숭숭이를 찾아갑니다. 그리고 어렵게 털숭숭이를 만나서 말하지요.

"소리 지르지 말고 천천히 또박또박 말해."

털숭숭이는 말합니다. 그리고 그때서야 마시멜롱들은 털숭숭이의 말을 알아차리게 됩니다.

'이파라파 냐무냐무'에 담긴 비밀을요.

그림책 『이파라파 냐무냐무』(이지은 지음, 사계절)는 오해를 푼 털숭숭이와 마시멜롱들이 맛있는 것을 함께 먹는 장면으로 마무리됩니다. 한자리에 함께 누워 하늘을 보면서 말이지요.

253

탈무드에는 '입보다 귀를 상석에 앉혀라. 입으로 망한 적은 있어도 귀로 망한 적은 없다'라는 오래된 말이 있습니다. 입이 하나고 귀가 둘인 것은 듣기가 더 필요하기 때문이라 전하기도 하지요. 우리가 흔히 하는 말 가운데 하나인 '경청'에는 두 가지 의미가 있습니다. '공경하는 마음으로 듣는다敬聽'는 의미도 있지만, 기울일 경傾 자를 써서 '경청傾聽'으로 쓰기도 합니다.

탈무드의 말과 한자어 해석을 빌리면 결국 '듣는다'는 것은 몸을 기울인다는 것. 그것은 곧 내 생각을 멈추는 행위인 동시에 마음을 내는 일입니다. 상대를 판단하지 않는 것이 '듣기'의 시작이라는 뜻이기도 하지요.

마시멜롱들은 털숭숭이가 울부짖는 소리를 들으며 그것이 아파 우는 소리라고는 상상조차 하지 않았습니다. 커다란 털숭숭이가 그럴 리 없다는 자기 판단에 사로잡혀 있을 때, 작은 마시멜롱 하나만 털숭숭이에게 다가갑니다. 몸을 기울이고 듣습니다.

우리나라에 한창 'Me Too' 바람이 불었을 때 하나하나 드러나는 문화예술계, 정치권의 그림자에 다양한 반응들이 있었습니다. 한편에서는 '터질 게 터졌다' 했지만, 한편에서는 '내가 보지 않았다. 명확한 증거가 될 수 없으니 믿을 수 없다'는 반응들도 많았습니다. 그러면서 '합리적인 의심이 든다'는 말도 했지요. 나의 판단만 믿겠다는 건 합리라 할 수 없습니다. '그 사람이 그럴 리 없다'고 여기는 것은 때에 따라 '오만'이 되기도 합니다.

명확한 피해 당사자가 있는데도 몸을 기울여 들어보지 않는 태도들도 많았습니다. 팔짱 끼고 저만치 서서 일단 말해보라 하지요. 그러면서 말하는 사람이 의심스럽다 합니다.

'우리를 냠냠 맛있게 먹겠다는 말이다.'

'싸워서 이겨야 한다.'

'털숭숭이 말을 들어보겠다는 마시멜로가 한심하다.'

'그러다 잡아먹힐 거다. 커다란 털숭숭이는 우리를 잡아먹기 위해 존재하는 거니까.'

이렇게 생각한 마시멜롱들은 털숭숭이를 계속 공격합니다. 활활 불도 실패했으니 또 다른 공격무기를 찾아야겠지요? 더 강력한 무기를 찾아야 우리를 지킬 수 있다고 생각하니까요.

그렇다면 털숭숭이는 어떻게 해야 할까요? 자기를 공격하는 마시멜롱들과 맞서 싸워야 할까요? 도망가야 할까요? 다른 곳에 가서 소리 지르면 누군가 도와줄까요? 아픔을 꾹 참고 소리 지르기를 멈춰야 한다고 생각할 수도 있겠지요. 털숭숭이는 아무도 나에게 몸을 기울여 듣지 않는 세상에서 살아갈 수 있을까요?

'이파라파 냐무냐무.'

해석부터 하지 말고 들어봐야 합니다. 입도 닫고 눈도 감고 가만히 몸부터 기울여야 합니다. 그래야 들릴 겁니다. 그렇게 듣고 나면 알게 될지도 모릅니다. 지금 필요한 건 털숭숭이를 공격할 활활 불이 아니라, 도와줄 보글보글 치약이라는 걸.

255

그냥 들은 대로 말한 것뿐인데
『감기 걸린 물고기』

"관장님, 김정은이랑 트럼프가 왜 그렇게 친한지 아세요?"

"뭔 소리야? 둘이 친하대?"

"둘이 좋아하는 여자 이상형이 같아서 그렇대요. 그래서요…
어쩌고 저쩌고."

작은도서관에서 일할 때였습니다. 도서관에 자주 오는 녀석
하나가 신이 나서 떠들었습니다.

"음. 넌 그걸 어떻게 알았어?"

"유튜브에서 봤어요."

"잠깐, 넌 지금 허위사실 유포죄에 해당하는 범. 죄. 를 저지르
고 있는 건지도 몰라."

정색하고 이야기했더니 표정이 굳습니다.

"허위사실 유포죄가 뭔데요? 저는 그냥 유튜브에서 본 걸 이

박정섭 지음, 사계절

야기하는 건데요?"

"그게 사실이 아닐 수 있는데, 네가 지금 나에게 전달한 거잖아. 그 말을 믿은 나는 또 다른 사람에게 얘기하고, 근데 그게 사실이 아닌 경우 범죄가 될 수 있다는 거지."

관장과 친해보려고 재미난 이야기를 꺼냈고, 바쁜 척하는 관장이 귀 기울여 들어주니 신나게 떠들던 아이는 긴 시간 동안 억울하다는 표정으로 제 잔소리를 들어야 했습니다.

소문. 시작은 이랬습니다.

작은 물고기들이 힘을 합쳐 무리 짓고 있는 바람에 늘 배고픈 아귀는 주린 배를 달랠 아주 좋은 방법을 생각해냅니다.

257

"얘들아, 빨간 물고기가 감기에 걸렸대. 열이 펄펄 나서 빨
간 거야. 그런 것도 몰랐어?"

소문을 내기 시작한 것입니다. 처음에 이 말을 믿지 않던 작은
물고기들은 시간이 지나자 의심하기 시작하고 빨간 물고기들을
무리에서 내쫓습니다. 그런데 또 들리는 소리.

"얘들아, 노란 물고기도 그사이 감기에 옮았대. 노란 콧물
이 나와서 노란 거야. 그런 것도 몰랐어?"

"얘들아, 파란 물고기도 감기 걸렸대! 감기 걸리면 으슬으
슬 춥거든. 파랗게 질린 얼굴 좀 봐."

파란 물고기까지 내쫓고 마지막으로 남은 검정 물고기와 회
색 물고기. 그때 검정 물고기 한 마리가 외칩니다.

"잠깐! 진짜 감기에 걸린 걸까? 감기 걸린 물고기 본 적 있
어?"

이쯤 되자 아귀는 더 이상 소문을 낼 필요가 없어집니다. '소
문의 확산'이 시작된 것입니다. 회색 물고기 대 검정 물고기로 나
뉘어 맞다 아니다 싸움이 시작되고, 그 틈을 놓칠 리 없는 아귀

는 덥석 물고기들을 먹어치웁니다.

『감기 걸린 물고기』(박정섭 지음, 사계절)는 '소문'에 대한 그림책입니다. 처음에는 색깔 구별 없이 하나로 뭉쳐 있던 작은 물고기들이 소문이 들리자 각자 자기 색깔대로 나눠 모이고, 결국 남은 물고기들은 새로운 소문 없이도 자멸한다는 이야기입니다 (책이 이렇게 마무리되지는 않습니다. 훨씬 재미나게 끝나지요. 궁금한 분은 책을 끝까지 읽어보시길.)

책을 읽다 보면, 물고기들이 어리석다는 생각이 듭니다. 도대체 감기 걸린 물고기가 어디 있다고. 아귀의 본질을 모르는 것도 아닌데 그 소문을 믿다니 얼마나 바보 같은가요. '사실이 아닐 수도 있다고 합리적 의심을 하고, 근원지를 찾아보려고 해야지!' 하고 생각합니다. 물론, 이건 현상을 한 발 물러서서 책을 보는 사람 입장에서 하는 말입니다.

현실에서 때때로 저는 빨간 물고기입니다. 어느 때는 파란 물고기, 어느 때는 검정 물고기, 회색 물고기이기도 하지요. 소문을 그대로 믿어버릴 때도 많을 뿐만 아니라, 일부러 그러는 건 아니지만, 적당히 재미를 더해 옮기기도 합니다. 제게 나쁜 의도가 있는 것은 아니니 큰 죄의식은 없습니다. 소문을 악의적으로 퍼뜨린 아귀 잘못이지요. 저는 그냥 걔가 한 말을 옮긴 것에 불과하니까 말이지요.

259

사실 이 책에서 가장 주목해야 할 점은 맨 앞에 선 회색 물고기들의 태도입니다. 상대적으로 아귀에서 가장 먼 선두에 선 회색 물고기들은 검정 물고기들의 의심에 반박하기 시작합니다. 심지어

　　"내가 직접 봤다고!"

　라고 외치는 물고기도 나옵니다. 이렇게 말하면 더 할 말이 없습니다. 직접 봤다는데 무슨 말이 더 필요할까요? 그런데 아이러니하게 전 또 가끔 이런 회색 물고기이기도 합니다. 소문을 믿어버린 나를 믿어버린 결과입니다. 그러면 어느새 사실이 되고 믿음이 됩니다. 확신을 갖고 말하게 되는 것이지요. 그러다 그것이 사실이 아니라고 판단되면 처음 소문을 퍼뜨린 아귀 잘못이지 내 잘못은 아니라 생각해버립니다. 애초에 아귀가 소문을 퍼뜨리지 않았다면 될 일이니까요.

　하지만 소문의 힘은 확산에 있습니다. 그 확산에 역할을 보태는 순간 우리는 어느새 아귀에게 먹히는지도 모르는 물고기이자 거짓말의 전달자가 되어버릴 수도 있습니다.

　한참 억울해하던 아이는 '확인되지 않은 사실을 재미로 만든 사람이 더 나쁘다'는 말에 조금 위로를 받고 돌아갔습니다. 그 이후로도 자주 유튜브를 보고, 가끔 이야기를 들려줍니다. 재미로

하는 말이고, 아이의 말인데 뭘 그렇게까지 빡빡하게 굴어야 하나 싶다가도 저는 또

"잠깐!"

이라고 외칩니다.

"의심해보는 게 나쁜 건 아니야."

라고 말해주면, 아이는 웃으며

"네!"

하고 대답하곤 하지요.

사실 이것 말고 다른 방법이 별로 없습니다. '잠깐!'이라고 외쳐주고, 누군가 '잠깐!'이라고 말할 때 멈추고 생각해보는 것이지요. 그래야 색깔 다른 작은 물고기들이 못된 아귀에게 먹히지 않고 살아갈 수 있을 테니 말입니다.

균형을 잡는다는 것
『균형』

너에게서 눈을 떼지 않을게.
너에게 귀를 기울일게.

사랑의 대화 같지만, 사실은 '균형'에 대한 이야기입니다. 서로를 바라보는 것과 듣는 것. 그게 균형의 정점이라는 것이지요.

그림책 『균형』(유준재 지음, 문학동네)을 읽다 보면 '흡' 하고 숨이 참아지는 순간이 옵니다. 균형을 잡기 위해 집중해야 할 때, 혼자가 아니라 함께 균형을 잡기 위해 서로를 바라보는 장면이 나올 때 저도 모르게 호흡이 멈춰지게 되더라고요. 그러게요. 균형을 잡는다는 것은 집중을 해야 하는 일이고, 집중을 해야 겨우 서로 버티고 서서 균형을 잡을 수 있게 되는 거니까요.

유준재 지음, 문학동네

삶의 균형도 마찬가지가 아닐까 생각해봅니다. 코로나19 상황이 한창이던 때를 생각합니다. 정말 너나없이 모두가 어려운 때였습니다. 코로나19는 순식간에 인간의 일상을 바꿔놓았습니다. 서로 스치고 만나는 일을 줄이기 시작했고, 밖에서 밥 먹고 노는 것도 조심스러워졌습니다.

코로나19가 바꿔놓은 것 가운데 또 하나는, 서로를 바라보는 눈빛이었습니다. 이 바이러스가 유행하기 전 우리는 서로 의심하고 배격하며 살지 말자고 격려해왔습니다. 서로 다양성을 인정하고 존중하면서 살자 했고, 그런 세상이 되자고 노력하면서 살아왔습니다.

그런데, 코로나19로 인해서 서로를 다르게 바라보기 시작했습니다. 확진자가 되었을 경우 쏟아질 비난과 혐오가 병에 걸려 아픈 것보다 더 무섭다는 이야기가 나올 정도였습니다.

어디선가 우리나라 말이 아닌 낯선 말이 들리거나 외국인처럼 보이는 사람들과 마주치면 저도 모르게 몸이 움츠러들었습니다. 마치 외국인들은 모두가 바이러스를 가지고 있을 것 같았습니다.

마스크를 살 수 있는 권한을 주지 말자는 논란도 있었고, 지원금을 주지 말자는 의견도 있었습니다. 한국 땅에서 외국인이라는 이유만으로 그렇게 차별과 멸시를 당해야 하는 사람들은 어떤 마음이 들었을까요?

마스크가 필수착용이 아닐 때도 마스크를 하지 않은 사람을 만나면 마치 그 사람이 나에게 병이라도 옮길까 눈을 흘기게 되었습니다. 엄청난 죄라도 저지른 사람처럼 여겨지면서요. 어떤 이유가 있을 수 있었지만, 그다지 중요하지 않았습니다. 병을 옮기는 사람으로만 보였습니다.

그런데 들리는 이야기가 점점 심상치 않아졌습니다. 특정 종교인인지 아닌지 확인해보기 위해 교주를 욕하는 말을 해보라고 시킨다는 얘기가 들려오기 시작했습니다. 중국인들은 경멸과 멸시에 시달렸습니다. 아이가 다니는 학교 선생님이 "중국인들은 다 쫓아내야 한다"는 말을 하기도 하고 같은 반 친구들이 "바이러스를 퍼뜨리는 너는 학교 나오지 말고 너네 나라로 돌아가라"는 말을 하기도 했다고 합니다. 하긴, 심지어 꽤 오랫동안 '우한 바이러스'라 부르기도 했습니다. 공식적으로 '코로나19 바이러스'라는 말을 사용하기로 했는데도 일부러 계속 '우한 바이러스'라 부르는 사람들도 있었습니다.

다들 본인은 차별하는 사람은 아니라고 생각하면서 살아왔을 마음의 균형이 무너지는 순간이었습니다. 서로가 서로를 의심하고 경계했습니다. 뭔가 조금 다르기만 해도 비난이 쏟아졌습니다. 코로나 바이러스가 아니라 그렇게 서로에게 쏟아내는 비난이 세상을 더 가혹하게 만들어갔습니다. 포스트 코로나가 된 지금은 어떨까요? 지금은 서로를 의심하지 않고 다양성을 인정하며 살아가고 있나요? 혹시 지금은 그렇다고 하더라도 다시 코로나19 상황 같은 때가 오면 어떻게 할까요?

균형을 잡으려면 집중해야 해. 많은 연습이 필요하고 말이야.

그렇습니다. 결국 균형을 잡는다는 건 온몸의 신경을 깨워 집중해야 하는 일입니다. 당장의 두려움과 어려움을 핑계로 삼아버리면 흐트러지고 무너지는 건 한순간입니다. 외줄타기 같은 현실 속에서 온 힘을 다해 지키려고 해야 잡을 수 있는 균형. 하지만 잠깐 흔들리는 순간에도 집중하면 균형을 깨지 않을 수 있습니다. 그래서 이제 우리에겐 연습이 필요합니다. 다시 어려운 때가 와도 스스로 균형을 지키려면 말이지요. 마음을 다잡는 연습도 하고, 서로가 서로를 인정하는 다양성을 지키며 살기 위한 공부도 필요합니다.

이렇게 내 마음의 균형을 지키는 일도 필요하지만, 하나 더 중요한 게 있습니다. 옆 사람도 균형을 잡을 수 있도록 손을 잡아주는 일입니다. 그렇게 손을 잡고 서면 더 안정된 자세를 유지할 수 있습니다. 눈을 떼지 않고, 귀를 기울이고 서로에게 집중해야 합니다. 흔들리는 사람에게 비판도 필요합니다. 격려도 필요하고 응원도 필요합니다. 균형을 잡는다는 건 꼭 필요하지만, 쉽지도 편안하지도 않은 과정입니다. 촉각을 곤두세우는 일이니까요.

그림책『균형』은 많은 동물들과 사람들이 사이사이 손을 잡고 서서 받침이 되어주고, 그 위에 주인공인 남자아이와 여자아이가 서로 손을 잡고 기대어 선 장면으로 마무리됩니다. 호랑이도, 말도, 코끼리도 받침이 되어주고, 어릿광대도, 공중그네 타는 사람들도 모두 힘을 모읍니다. 처음에 책을 볼 때는 두 아이에게만 시선을 뒀는데, 이번에 다시 보니 그 아이들이 잘 서 있을 수 있도록 많은 생명들이 서로서로 기대고 있는 것이었습니다.

세상도 그러합니다. 어디 하나라도 연결되지 않은 게 없습니다. 누군가는 손을 잡고, 누군가는 어깨에 기대고, 누군가는 발끝을 세워 서로를 붙잡고 살아야 합니다. 지금은 외줄타기처럼 위태해 보이는 때입니다. 이럴 때일수록 집중하는 것이 필요합니다. 더, 서로를 믿고 격려하는 것이 필요합니다. 좀 더요. 그렇게 서로 잡은 손이 많아지면 결국 균형 잡기도 더 쉬워지지 않을까요?

자기만의 방은 언제 생길까
『불곰에게 잡혀간 우리 아빠』

'차례상에 전 부치지 마세요'

추석을 앞두고 나온 기사 제목입니다. 전통적인 유교식 차례상에 기름진 음식은 올리지 않는 것이라며, 간소한 상차림을 권하는 내용입니다. 여성들이 가장 힘들어하는 추석 노동이 '전 부치기'라 생각한 사람들이 간단한 차례 상차림으로 조상에게 예를 갖춘다면 명절증후군이나 갈등도 해소될 수 있다고 강조한 것이지요.

물론 '차례상 간소화'를 반대하고 싶지는 않습니다. 하지만 그렇다고 명절증후군이나 갈등이 사라질까요? 명절 때마다 생기는 많은 문제들이 고작 '전 부치기' 때문만은 아니라는 걸 다들 알 텐데 말입니다. 이제 '차례상에 전을 올릴 것인가? 말 것인

허은미 글, 김진화 그림, 여유당

가?'가 아니라, '전은 누가 부쳐야 하나?'를 말해야 하지 않을까요? 더 나아가 '왜 남성 조상 쪽 차례만 지내는가?' 말해야 할 때이고요. 아직은 너무 이른 때라고요? 그럼 어느 때가 적당한 때일까요?

그림책 『불곰에게 잡혀간 우리 아빠』(허은미 글, 김진화 그림, 여유당)에는 학교 시 쓰기 시간에 '엄마가 좋은 이유'를 찾지 못해 고민하는 아이가 나옵니다. 이런 아이에게 아빠는 엄마가 '튼튼해서 좋다'고 말합니다. 그러면서 사실 엄마는 불곰이었다고 말합니다. 아빠가 산속을 헤매고 있을 때 나타나 구해준 불곰이 고마워서 결혼을 한 거라고 하면서 말입니다.

하긴 엄마는 하루 종일 탁자에 서 있고, 다리가 붓고, 점점 뚱뚱해지고, 하루 종일 큰 소리로 말하고, 한밤중에 들어와 늦은

269

저녁을 먹고, 아침이면 점점 얼굴이 커지면서 소리를 지르곤 했습니다.

　　"어서 일어나지 못해!"

　목소리는 어찌나 쩌렁쩌렁한지 집안을 들었다 놨다 합니다. 그런 불곰이 좋은 이유를 찾아 시를 쓴다는 건 너무 어려운 일이었습니다.
　그러던 어느 날 아이는 할머니 집에서 사진첩을 보게 됩니다. 그리고 묻지요.

　　"어, 이 아기 누구예요?"
　　"누군 누구야. 네 엄마지."
　　"이 사람은요?"
　　"그것도 네 엄마지."
　　"와, 엄마도 이렇게 예쁠 때가 있었어요?"
　　"네 엄마, 지금은 저래도 젊었을 땐 얼마나 고왔는지 몰라. 웃기도 잘 웃고……. 새끼들 데리고 먹고 산다고 이리 뛰고 저리 뛰느라……."

　아이의 시선은 자기와 꼭 닮은 어릴 적 엄마 사진에 머뭅니다. 오랫동안 엄마 사진을 보고 또 봅니다.

왜 예쁘고 잘 웃던 여성이 결혼하고 아이를 낳으면 불곰이 되는 걸까요?

'여성의 삶이란 원래 그런 거야'

하고 생각하는 사이 우리 엄마도, 우리도 어느새 으르렁거리는 불곰이 되어 있습니다. 그런데, 평소 그렇게 으르렁거리던 불곰이 명절 때가 되면 조용해집니다. 하루 종일 말도 없이 가만히 앉아 일만 합니다. 내내 일만 하다가 명절이 지나면 더 으르렁거립니다. 다음 명절에도, 또 그다음 명절에도 그런 삶이 반복됩니다.

스스로 선택한 삶이니 불곰이 되는 것쯤 감수하고 살아야 한다고 생각합니다. 언젠간 세상이 변할 거라 생각하고 참습니다. 그런 세상이 될 때까지 기다려보자 합니다.

영국 작가 버지니아 울프는 여성이 글을 쓰려면 '자기만의 방'과 '일 년에 500파운드'가 필요하다고 했습니다. 이 말은 유형의 방과 돈이 아니라 '여성의 권리'에 대한 이야기입니다. 영국 사회는 울프가 이 말을 할 때쯤이 되어서야 여성이 자기 이름으로 된 재산을 가질 수 있게 되고, 투표를 할 권리가 생겼다고 합니다. 그로부터 100여 년이 지났습니다. 하지만 아직도 여성에게는 자기만의 방이 없습니다.

1893년 뉴질랜드에서는 세계 최초로 여성에게 투표권이 부여되었지만, 피선거권이 주어진 것은 30년 가까이 지난 1919년에 이르러서였고, 그나마 여성 의원이 탄생한 것은 그로부터

14년이 지난 1933년이나 되어서였습니다.

미국에서는 주마다 조금 다르긴 하지만, 1920년에야 비로소 미국의 모든 여성이 남성과 동등한 참정권을 갖게 되었습니다. 이는 1870년 흑인 노예에게 참정권을 주었던 것과 비교해봐도 50년이나 지난 뒤의 일이었습니다.

심지어 프랑스의 경우, 프랑스 혁명이 일어난 뒤 1793년 당시 입법기관이었던 국민공회는 프랑스 전역에 흐르고 있는 여성의 정치적 권리를 주장하는 목소리를 막기 위해 여성들의 집회를 금지시켰고 여성단체를 모두 해체하기도 했습니다. 그로부터 153년이 지나서야 법적으로 여성 참정권이 보장되었습니다.

그런 시간 속에서 여성은 불곰이 되는 삶을 받아들여야 하고, 명절이 되면 아무 말 못 하고 남성의 조상에게 차례를 올려야 합니다. 이게 바뀌려면 앞으로 몇 년이 더 지나야 하는 걸까요?

책 마무리에 아이는 시를 고쳐 씁니다.

'엄마는 좋다. 아빠를 구해주고 나를 낳아줘서 좋다. 참 좋다.'

아이가 엄마를 따뜻한 시선으로 보게 되어 다행입니다. 하지만, 한 줄 보태어
'이 아이는 자라서 또 불곰이 될 것이다.'

하고 끝내면 어떨까요?

이제 불곰에게 자기만의 방이 필요합니다. 아니, 자기만의 방은 불곰이 되기 전부터 필요합니다. 그 방은 불곰 혼자서는 만들 수 없습니다. 가족들만 합의한다고 만들어지지도 않습니다. 온 세상이 나서야 가능한 일입니다. 추석 때마다 반복되는 이야기는 이제 그만할 때는 아닐까요? 누군가의 주장이 아니라, 실천이 필요한 때일지도 모르겠습니다. 이렇게 또 100년이 지나지 않으려면 말입니다.

자, 어떻게 할까요? 오늘도 우리 딸들은 자라고 있는데 말입니다.

누가 나도 좀 납치해갔으면
『우리 가족 납치 사건』

경남 통영에서 작은도서관 운영매뉴얼 관련 강의를 해달라고 했습니다.

'우아! 통영이라니!'

앞뒤 재지 않고 간다고 했습니다. 그런데 강의를 수락하고 보니, 오가는 길이 문제였습니다. 기차는 없고, 시외버스로 7시간 가까이 걸렸습니다.

'어떻게 하지? 다시 못 간다고 할까? 아, 통영에 꼭 가보고 싶은데. 가서 바다도 좀 보고 맛있는 것도 좀 먹고 오면 좋겠는데!'

어떻게든 가보자는 마음은 머리를 움직이게 했습니다. 묘수를 짜내기 시작한 것이지요. 일단 기차를 타고 진주역까지 가서, 공유차를 빌려 통영까지 다녀오기로 했습니다. 기차를 타고 가면 시간이 절약될 뿐만 아니라, 기차 안에서 일을 할 수 있다는

김고은 지음, 책읽는곰

장점도 있거든요.

'그래, 밀린 일도 하는 거야. 기차 안에서 일을 다 마치고, 통영에선 바다 냄새 좀 실컷 맡고 와야지. 진주를 거쳐서 오고 가는 거니 진주 남강에도 가보는 거야!'

야심찬 계획도 세웠습니다. 오래간만에 놀러 가는 기분이 되니 얼른 그날이 왔으면 좋겠다는 생각이 들었습니다.

하지만 그날이 다가오자 시간은 기대와는 많이 다르게 흘러 갔습니다. 가기 전날 새벽까지 밀린 일을 했습니다. 두어 시간 자고 일어나 또 밀린 일을 했습니다. 당연히 기차 안에서도 일을 했습니다. 기차와 운전을 포함해 다섯 시간 반 달려가서 두 시간 강의했지만, 통영 바다는 냄새도 못 맡고, 진주 남강은 근처도 못 가고 다시 기차 타고 올라오는 길입니다. 맞아요. 지금 이 글도 기차 안에서 쓰고 있습니다.

'하…, 왜 이렇게 살지? 누가 나 좀 납치해줬으면 좋겠다.'

『우리 가족 납치 사건』(김고은 지음, 책읽는곰)에서는 딱 그런 일이 벌어집니다.

아빠 전일만 씨는 입만 열면 피곤하다고 합니다. 엄마 나성실 씨는 몸이 한 열 개쯤 되면 좋겠답니다. 주인공인 나는 학교도 학원도 없는 곳에서 딱 한 달만, 아니 일주일만 살고 싶습니다.

그러던 어느 날, 우리 가족은 납치를 당합니다. 아빠가 들고 다니던 가방이 입을 쩍 벌리더니 아빠를 꿀꺽 삼켜서 아무도 없는 바닷가에 내려놓았습니다. 엄마가 현관문을 나서는데 엄마 치마가 훌러덩 보쌈하듯 싸안고 아빠가 있는 바닷가에 내려놓았습니다. 나는 어려운 수학문제를 푸는데 머리끈이 끊어지더니 풍선에서 바람 빠지듯 숫자가 빠지면서 횡횡 날아다니다 엄마 아빠가 있는 바닷가에 툭 떨어졌습니다.

처음에 이런저런 걱정을 하던 가족들은 다 포기하고 바닷가에서 실컷 놀기로 합니다. 배고프면 과일 따 먹고 고기 잡아먹으며 하루 종일 놉니다.

그래도 별일 없었어요.

책은 이렇게 끝납니다.

2019년 4월 30일 자 KBS 뉴스에서는 우리나라 근로자들이 연간 평균 2,024시간 일한다는 보도가 나옵니다. OECD국가 평균보다 35일 더 일하는 셈이랍니다. 그런데 시간당 노동 생산성은 36개국 가운데 29위로 하위권입니다.

그런가 하면 10월 29일 연합뉴스에는 비정규직 근로자는 점점 늘어나서 2019년 8월 기준 750만 명. 12년 만에 최대치라는 기사가 실렸습니다. 노동 시간은 길고, 노동 생산성은 적고, 노동의 질은 낮은 상황이 계속되고 있다는 것입니다. 사회적 문제가 아닐 수 없습니다.

이쯤에서 자꾸 회자되는 기본소득제가 궁금해집니다. 기본소득제란 '모든 국민에게 빈곤선 이상으로 살 수 있는 월간 생계비를 지급하는 제도'입니다. 재원에 대한 여러 논란이 있지만 기본적으로 세금을 올려 해결해야 한다는 것이 전문가들 의견입니다. 많이 버는 사람은 많이 내고 적게 버는 사람은 적게 내는 북유럽형 세금 제도가 거론되고 있습니다. 문제는 일반 시민들이 그 논의에 함께하고 있지 못하다는 것이지만요.

이렇게 노동 시간, 노동 생산성, 노동의 질 문제와 기본소득제를 연결하는 이유는 간단합니다. 모두가 '삶의 질'에 대한 문제이기 때문입니다. 이제는 사람들이 이렇게 '바쁜' 이유를 단순히 개인에게서만 찾을 수 없다는 것이지요. 사회적으로 새로운 담론이 필요한 때입니다.

기차 안에서 이 글을 쓰는 지금도 제 앞에 두 명과 옆에 앉은 한 명, 그러니까 앞뒤로 앉은 네 명이 나란히 노트북을 꺼내 일을 하고 있습니다. 그 옆에 있는 사람은 휴대전화를 들고 자꾸 바깥으로 나갑니다. 잠깐 들리는 소리로 짐작하건대 거래처 전화인 듯합니다. 6시를 훌쩍 넘긴 시간인데 말입니다.

'그래도 별일 없었어요.'

사실 저도 '내가 일하지 않는다고 별일 있겠냐' 생각은 합니다. 그래도 일에서 손을 놓지 못하는 건 왜일까요? '불안'하기 때문입니다. 프리랜서들은 프리랜서대로 이번 일을 거절하면 다음 기회가 오지 않을까 불안합니다. 어떤 이들은 자기 시간을 조절해서 쓸 수 있다는 이유로 프리랜서를 선망하지만 사실 가장 불안해하는 그룹이기도 합니다. 못한다고 하면 밀려날까 두려워 끊임없이 일을 맡습니다.

직장인들도 불안하기는 마찬가지입니다. 그래도 정규직은 좀 나은 편입니다만, 비정규직 노동자들은 계약기간 내내 불안합니다. 이번에 계약이 종료되면 어떻게 하나 전전긍긍할 수밖에 없습니다. 끊임없이 자기 증명을 해내야 살 수 있습니다. '살아내야 한다'는 강박에 시달릴 수밖에 없습니다.

이런 불안이 사라지고 나면 어떨까요? 정말 별일 없다는 확신이 사회적으로 보장된다면 우리 삶의 질은 분명 달라질 겁니다.

다 쓰고 나니 서울역 도착 멘트가 들립니다. 다음에 통영에 갈 때는 노트북을 반드시 놓고 갈 겁니다. 1박 2일로 숙소도 잡을 겁니다. 그래도 별일 없을 거라고 확신할 수 있으면 더 좋을 텐데 말입니다.

꽃은 가지에서만 피지 않는다
『채식하는 호랑이 바라』

그러니까 결론부터 말하자면, 호랑이 바라는 완전히 다른 선택을 한 거에요.

바라는 더 바랄 게 없어요.

호랑이 바라는 웃습니다. 춤을 춥니다.

어쩌다 보니 간혹 공모사업 심사라는 걸 합니다. 꼼꼼히 공모 서류를 살펴봅니다. 여기저기를 골라 뽑는 방법으로 선정하는 경우도 있지만, 선정해야 할 곳이 너무 많은 경우 가끔은 떨어뜨릴 곳을 빼내는 방식으로 하기도 합니다.

앞뒤가 맞는지, 좋은 말만 채워 넣은 건 아닌지, 지속 가능한 일인지, 이 일을 잘 해낼 수 있는 전문가인지 살펴봅니다. 서류

김국희 글, 이윤백 그림, 낮은산

심사가 끝나면 대면 심사가 이어지지요. 최대한 친절하고 낮은 목소리로 묻습니다. 저도 심사를 받을 때가 많다 보니 떨어지더라도 기분 나쁘지 않았으면 하는 마음입니다. 사실 누가 누구를 심사한다는 것 자체가 무척 부담스러운 일입니다. 아무튼 누군가는 심사를 해야 하고 선정을 해야 하니 이런저런 질문을 하긴 해야지요. 제가 주로 하는 질문은 이런 겁니다.

"공모에서 떨어져도 이 사업은 계속하실 건가요?"

"이후 지속가능성은 어떻게 보장하죠?"

"왜 이렇게 구성하셨죠? 해보지 않은 걸 한다고 하신 거 같은데 이걸 정말 다 하실 수 있나요?"

그러면 대부분 떨어지면 축소해서라도 이 사업은 해볼 계획이고, 이렇게 저렇게 지속할 거고, 부족한 부분은 전문가를 모셔

281

다가 해보겠다 대답합니다. 그런데 가끔 이런 대답도 나옵니다.

"떨어지면 못 하죠. 지속가능성도 보장할 수 없어요."

"뭔진 모르지만, 제가 한 번도 안 해봤던 방식인 건 맞아요. 그런데 지금껏 해오던 것과 다르게 해보고 싶었어요."

세상에. 다 맞는 말입니다. 공모사업을 신청하는 주된 목적은 예산 때문인데, 그 예산이 없으면 그 일은 못 하지요. 지원서 내용 또한 공모의 틀과 심사위원 구미에 맞는 것일 수만은 없는 노릇이고요.

언젠가부터 '공모사업'이 불편해지기 시작했습니다. 공모 신청을 하다 보면 하고 싶은 말보다 선정되기 위한 말을 찾게 됩니다. 내가 하고 싶은 일, 해야 한다고 생각하는 일보다 그들이 원하는 게 뭔지 생각하게 됩니다. 안 하면 되는데 그게 쉽지 않지요. 우리 사회에서 '공모' 형식이 아닌 지원은 찾기 어려우니까요.

『채식하는 호랑이 바라』(김국희 글, 이윤백 그림, 낮은산) 속 바라의 선택은 좀 다릅니다. 바라는 호랑이지만 사냥이 싫었습니다. 배고프면 어쩔 수 없이 사냥을 하는데, 깜짝 놀라 도망가는 동물들의 모습은 왠지 슬프기만 했습니다. 며칠을 굶던 바라는 우연히 나무 열매를 먹게 되고, 그 맛을 알게 됩니다. 밥상을 가득 차리고 누군가와 나누고 싶어 하지만, 아무도 바라를 인정하지 않습니다.

호랑이들은 바라에게 너는 호랑이도 아니라고 비난합니다. 초식동물들은 바라가 자신들을 속이고 잡아먹을 거라고 친하게 지내지 말자고 하지요. 바라는 자신을 알리기 위해 포스터를 만들어 붙이는데 그 포스터는 호랑이들과 초식동물들의 낙서로 채워지고 맙니다. 바라는 시름에 잠깁니다.

그런데, 책의 결말이 좀 독특합니다.

이런 흐름의 이야기는 대부분 바라의 진심이 통하고 모두기 친구가 되면서 끝나곤 하지만, 이 책은 그렇지 않습니다. 바라는, 혼자 살기로 합니다.

아무도 알아주지 않아도 괜찮아.

호랑이 바라는 웃습니다. 춤을 춥니다.

생각해봅니다. 우리도 공모사업 사냥터를 떠나 바라처럼 내가 하고 싶은 말을 하고 살 수 있을까요? 공모사업에 지쳐 신청서를 내지 않는 사람들은 바라처럼 웃고 춤을 출 수 있을까요? 다 그렇지는 않을 겁니다.

바라가 선택한 방법은 외로움을 견뎌야 하는 과정이기도 합니다. 누가 알아주지 않아도 누가 인정하지 않아도 묵묵히 자기 길을 가야 하고 스스로 자기만족도 찾아야 합니다. 지금 내가 하는 일이 누가 알아달라고 시작한 일도 아니지만 그래도 고될 겁

283

니다. 바라처럼 혼자 몇 날 며칠 앓아누워야 할지도 모릅니다. 굳게 결심을 했더라도 자꾸 마음이 흔들립니다.

'이번 한 번만 해볼까?'

'그만둘까?'

'조금만 더 해볼까?'

사냥하지 않는 호랑이. 채식을 하는 호랑이가 행복하기 위해서는 동물들이 그런 바라를 인정하고 지지해야 합니다. 바라가 새로운 실험을 할 수 있도록 땅을 내어주고 경작을 도와야 합니다. 결국 공모사업의 본질을 다시 생각할 때가 아닌가 싶습니다. 지원하려는 게 시민인지, 활동인지, 사업인지, 공적 기관은 관리자인지 협력자인지, 공모에 익숙한 사람만 선정되지 않고 초보 신청자들도 선정될 수 있는 심사 방식은 무엇인지, 정산은 무엇을 위해 존재하는지, 어떤 방식이 합리적인 건지…. 한 걸음 더 나아가 공모사업 말고 다른 지원 방식은 없는지까지요.

심사를 마치고 돌아오는 길, 벚꽃나무에서 꽃잎들이 날려 떨어지는 게 보였습니다. 후드득 떨어지는 꽃잎을 따라 발밑으로 눈을 돌리니 나무 밑동에서 핀 꽃들이 눈에 들어옵니다. 신기했습니다. 꽃이 밑동에서 핀다니요. 화사한 벚꽃을 보려고 늘 고개를 쳐들고 다니는 바람에 보지 못했던 꽃들에게 미안하기도 했습니다.

꽃은 가지에서만 피지 않습니다. 누구나 다 꽃은 가지에서 피어야 한다고 하지만, 나무 밑동에서 피고, 심지어 바람에 날려 떨어진 꽃잎도 꽃이더라고요. 외롭지만, 그렇게 핀 꽃들도 충분히 아름답더라고요.

붉은신을 만나야 하는 이유
『붉은신』

"가장 약한 쥐에게 붙이는 이름이래. 하지만 할아비 쥐가
그랬어. 끝이 없으면 시작도 없다고."

꼬리끝. 작은 생쥐는 가장 약하게 태어났지만 눈먼 하얀 할아
비 쥐가 노래한 붉은신을 만나러 먼 길을 나섭니다. 생명을 살
리는 신. 죽음에서 삶으로 돌려보내 주는 붉은신. 그리고 마침내
붉은신을 만날 수 있다는 하얀 배를 찾아냅니다. 그러나 그곳에
서 만난 장면은 처참하기만 했습니다.

작은 통에 갇혀 얼굴만 살아 있는 토끼들, 얼굴이 여러 개인
개구리들. 아픈 개와 각각 유리관에 갇혀 소리치는 하얀 쥐들이
가득했거든요.

오승민 지음, 만만한책방

"우리는 위대한 실험 쥐야! 우리가 두발이들을 살리지!"

심지어 쥐들은 자부심에 가득 차 있는 것 같습니다.

그때, 비참해진 꼬리끝의 눈에 창 너머 붉은 무언가가 보였습니다.

창밖은 온통 붉은색이었다. 커다란 불덩이가 거기 있었다.

그것이 붉은신이라 생각한 꼬리끝은 붉은신이 생각보다 가까이 있다는 걸 깨닫고 하얀 배를 벗어나 붉은신을 만나러 가기로 마음 먹습니다.

『붉은신』(오승민 지음, 만만한책방)은 실험실에 갇힌 동물들 이야기이고, 두발이라 불리는 인간들의 폭력에 대한 이야기입니다. 만물의 영장 인간. 누가 시작했을지 모를 이 말에 익숙해져 있는 두발이들은 오랫동안 '영묘한 힘을 가진 우두머리'라는 생각으로 살아왔습니다. 영묘한 힘을 두발이들만 잘 사는 방식으로 작동시켰고, 그것을 당연한 것으로 여겨왔습니다.

다른 생명체들은 두발이를 위해서만 존재한다고 여기기도 했습니다. 두발이들은 이미 오래전부터 동물원에 동물을 잡아 가두고 유희를 즐겨왔습니다. 자기들 힘을 과시하려는 목적으로 새끼를 먼저 잡고 어미를 유인하는 방식으로 동물들을 사육했지요.

오래 살고 더 예뻐지기 위해 실험 대상으로 쓰기도 했지요. 안구와 피부 자극성 시험에 이용당하는 토끼는 온몸을 결박당한 채 자극성 물질을 눈에 주입당한다고 합니다. 결국 눈이 멀어 죽게 되고요.

그뿐인가요. 수억 년간 모습이 거의 바뀌지 않아 '살아 있는 화석'이라 불리는 투구게는 의약용품의 독성 여부를 가릴 때 이용됩니다. 투구게는 심장에서 30퍼센트 가량의 혈액을 강제 채혈 당한 뒤 바다에 방사되는데 운 좋게 원래 살던 곳으로 돌아가더라도 10~30퍼센트는 스트레스로 사망한다고 해요.

유전자를 조작해 보기 좋은 모습으로 변형시키기도 합니다. '티컵 강아지'라 불리는 작은 크기의 강아지는 강아지 중 작고 약한 강아지를 교배시키는 과정을 반복해 만들어냅니다. 가장 인기 있는 강아지들이니까요. 잘 팔린다는 까닭으로 계속 만들어냅니다. 몸이 약한 어미들은 강아지를 낳다가 죽기도 합니다. 철창에 갇힌 채 교배되고 새끼를 낳고 나면 죽는 삶은 상상만 해도 끔찍합니다. 그렇게 태어난 작은 강아지들은 생명이 아니라 상품입니다. 티컵 강아지들은 여러 질병에 취약하며 몸이 작아 치료도 어렵다고 합니다.

오로지 먹이로만 쓰기 위해 좁은 철장 안에 가두기도 했습니다. 알을 낳기 위해서만 존재하는 닭이 생기고, 먹기 위해서만 키우는 돼지들이 생겼습니다.

그런가 하면 삶터를 망가뜨려 공을 치거나 눈을 타고 내려오는 놀이를 즐기기도 했고, 여기저기를 콘크리트 빌딩으로 채우기 일쑤였습니다. 그래도 되었습니다. 영묘한 힘을 가진 우두머리니까요.

그랬던 두발이들이 이번에는 버리기 시작했습니다. 전기를 만들려고 썼던 핵발전소가 망가지면서 나온 오염수입니다. 자기들 집에 어둠을 밝히거나 음식을 차갑게 하기 위해, 또 이동하기 편리하게 타고 다니는 자동차라는 걸 움직이기 위해서는 어쩔 수 없다네요.

두발이들끼리는 자기들에게 피해가 있다 없다 싸웁니다. 바다 동물들의 먹이사슬을 통해 방사능이 축적되면 자기들에게도

289

피해가 될 수 있다 없다 각자 근거를 들이댑니다. 바다동물이 어떻게 될 것인가는 안중에도 없습니다. 자기들에게 피해만 오지 않으면 된다고 생각합니다. 역시 두발이들이라니까요. 축적되는 과정에서 희생되는 바다생물이 아니라 두발이들 기준만 중요하니까요.

법적 기준치에 맞다 아니다 싸우는데 그 법적 기준치라는 것도 철저히 두발이들 기준일 뿐입니다.

이번에도 묻지 않았습니다. 바다라는 거대한 하얀 배에서 실험 대상이 될 바다 생물들에게는. 그 물을 먹고 자고 새끼들 낳아 키워야 할 대상에게는. 그래도 괜찮다고 생각합니다. 두발이들은 만물의 영장이니까요.

꼬리끝이 절망의 끄트머리인 하얀 배에서 보았던 붉은신은 지평선 너머 떠오른 태양이었습니다. 붉게 빛나는 동그란 붉은신. 누구랄 것 없이 모든 생명에게 동등하게 살 기회와 에너지를 주는 존재입니다. 생각보다 붉은신이 가까이에 있다고 생각한 꼬리끝은 더 이상 실험가치가 없는 동물들이 버려진 폐기창고에서 벗어나기로 하지요. 그러나 이번엔 혼자만 가지 않습니다. 삶을 포기한 채 죽을 날을 기다리던 오랑우탄의 손을 잡고 그곳을 나오기로 합니다.

과연, 꼬리끝과 오랑우탄은 붉은신을 만날 수 있을까요? 그들이 만난 붉은신은 그들을 죽음에서 구할 수 있을까요?

두발이로 태어나 두발이로 살다 죽을 저는 오늘도 높게 떠오른 붉은신을 마주하기가 부끄럽기만 합니다. 그냥 이렇게 꼬리 끝과 오랑우탄이 붉은신을 만나길 기원하는 것밖에 할 수 있는 게 없어서요. 그 붉은신이 모든 생명을 구원하는 것밖에 기대할 것이 없어서요.

미안하고 미안하고 미안합니다.

그럼 나무는 누가 심을까?
『안녕! 만나서 반가워』

"어? 어? 어? 어?"

매너티, 듀공, 바다코끼리, 펭귄. 미국 플로리다 바다 한가운데에서 만난 네 마리 동물들은 첫 만남이 너무도 어색했습니다. 하긴 네 마리 동물은 각각 사는 곳이 너무도 다르니까요. 호주에 사는 듀공은 태풍과 해일 때문에 살 수 없어서, 북극의 바다코끼리와 남극의 펭귄은 집이 녹아내려서 살 곳을 찾아 헤매는 중이라고 했습니다. 자기네 집이 왜 무너지는가 이야기하던 동물들은 사람들이 사는 집이 커지고 높아지면서 많은 나무를 베어내서 그런 거라는 결론을 내립니다.

"그럼, 다시 나무가 많아지게 하려면 어떻게 해야 해?"

한성민 지음, 파란자전거

라고 묻는 듀공의 말에 바다코끼리와 펭귄은

"그럼 사람들이 사는 건물을 없애면 되겠다."

라고 말합니다. 하지만,

"건물을 없애면 사람들은 우리처럼 집을 잃을 거야."

매너티 말에 다들 고민에 빠지기 시작합니다.

『안녕! 만나서 반가워』(한성민 지음, 파란자전거)에 나오는 멸종위기 동물들은 지구가 더워지는 원인을 찾고 스스로 해결해보려 하지만, 자신들이 할 수 없는 일이라는 걸 깨닫습니다. 게다가 자신들만 살겠다고 사람들이 사는 집을 부수는 것도 옳지 않다고 말합니다.

나에게 되물어봅니다. 우리는 어떤가요? 우리는 한 번이라도 다른 생명들 삶터를 훼손하면서 우리 삶을 편하게 하고 있다는 생각을 해보기는 한 걸까요?

매너티, 듀공, 바다코끼리, 펭귄과 그 밖의 많은 동물들이 못 살겠다고 지르는 비명을 외면한 채 살던 우리는 매년 더욱 심해지는 최악의 더위를 맞습니다. 그리고 다 같이

"더워서 못살겠다!"

비명을 지르기 시작했지요.

얼마 전 타계한 스티븐 호킹Stephen Hawking 박사는 '지구온난화가 이대로 지속된다면, 섭씨 250도까지 올라 인류는 타 죽을 것'이라고 예언했습니다. 어디 인류뿐이겠습니까? 지구상에 존재하는 대부분의 생명체들이 모두 같이 타 죽을 것입니다. 그리고 어쩌면 이 폭염은 그 증거일지도 모르겠습니다.

문제는 이런 지구온난화 주범이 바로 '사람'이라는 것입니다. 많은 정보들이 지구온난화 원인을 이산화탄소, 메탄가스 같은 온실가스라고 말합니다. 이산화탄소는 화력발전소와 자동차 배기가스가 주된 원인이고, 메탄가스는 가축들 분뇨에서 발생하

는 경우가 가장 많다고 하지요. 많은 사람들이 외면하고 있지만, 인류가 소비하는 육류량이 증가하면서 축산업을 확대하기 위해 벌어지는 벌목으로 인한 자연 훼손은 물론이고, 가축 분뇨에서 발생하는 메탄가스로 인해 지구온난화가 가속화된다고 합니다.

결국 사람이 배불리 잘 먹고 편하게 살면 살수록 더 이상 지구에서 살 수 없게 된다는 의미이지요. 반대로 사람이 불편하게 살면 해결된다는 의미이기도 합니다. 고기 안 먹고, 자동차 안 타고, 전기 사용량을 최대로 줄여서 에너지 소비율을 낮추면 될 일입니다.

하지만 솔직히 저는 그렇게 살 자신은 없습니다. 입을 크게 벌리고 한 입 베어 무는 햄버거 광고는 언제나 저를 패스트푸드점으로 달려가게 합니다. 하루 꽉 찬 일정을 소화하려면 자가용으로 서둘러 움직이는 수밖에 없지요. 스마트폰도 써야 하고, 노트북도 써야 하고, 밤늦게까지 하는 재미난 드라마도 놓칠 수 없습니다. 이 더운 날 에너지 소비를 줄인답시고 에어컨 대신 부채를 사용하라 할 수도 없고요.

이 책이 끝나갈 즈음 네 마리 동물은 사람들 집을 부수는 대신 나무를 심자고 합니다. 그러면 사람도 동물도 다 살 수 있지 않을까 생각합니다. 그러나 곧 알게 되지요. 자신들은 나무를 심을 수 없다는 걸 말입니다. 그리고 마지막 페이지. 네 마리 동물과 눈이 마주칩니다. 책을 보는 저를 쳐다보면서 말하지요.

'그럼 누가?'

아무리 생각해도 고기 안 먹을 자신은 없습니다. 제 주변엔 채식주의자가 늘어가는데, 도통 자신이 없습니다. 자동차를 안 탈 자신도 없습니다. 버둥거리면서 다니는 것보다 자동차를 타고 다니는 게 훨씬 편하니까요. 스마트폰이나 노트북을 쓰지 않고 드라마를 보지 않을 자신도 없습니다.

'그럼 누가?'

묻는 동물들이 아른거립니다.

줄이겠습니다. 치킨은 한 달에 한 번만 먹기로 합니다. 우리 집 앞 대패삼겹살집도 한 달에 한 번 이상은 안 가보려 합니다. 행사 때마다 가지고 갈 짐은 늘려보겠습니다. 종이컵 대신 스텐컵을 준비하고, 일회용 젓가락 대신 다회용 젓가락을 가지고 다녀야 할 테니까요.

자꾸 잊어버린다고 포기하지 않고 텀블러도 갖고 다니겠습니다. 자동차 운행을 덜 하는 비법도 써보겠습니다. 좀 더 바지런해지면 될 것도 같습니다. 바삐 살지 않으면 자동차 운행도 줄어들 겁니다. 혼자 있을 때는 에어컨을 켜지 않겠습니다. 이런 무더위에 선풍기 바람으로만 견딜 수 있을지 모르지만, 버텨보는 데까지 버텨볼게요.

무척 어렵겠죠? 너무 불편할 것 같습니다. 누군가는 그런다고 기후가 갑자기 좋아지겠냐 물어올 것 같습니다. 그래도 그렇게 해보려 합니다. 그러다 너무 힘들면, 동그렇게 눈을 뜨고 나를 바라보던 그림책 속 네 마리 동물을 떠올릴 겁니다.

듀공, 매너티, 바다코끼리. 그리고 펭귄.

'그럼 누가?'

그래, 내가. 내가 하자. 사람만 나무를 심을 수 있으니까. 사람만이 스스로 망가뜨린 지구를 다시 돌려놓을 수 있으니까. 그래야 동물도 사람도 다 같이 살 수 있으니까.

택배 상자는 원래 '나무'였다

『상자 세상』

"우체국 택배인데요."

"네, 제가 없으니 문 앞에 놔주세요."

일주일에 한두 번꼴로 전화나 문자가 옵니다. 반갑기 그지없습니다. 기다리던 물건이 온 거니까요. 즐거운 생각에 잠기곤 하지요.

'뭐가 온 걸까? 엊그제 주문한 까만색 블라우스? 아니면 아이패드 파우치? 아니면 책?'

뭐든 상관없습니다. 그냥 신나기만 합니다. 그런 날은 퇴근길도 흥겹습니다. 그리고 문 앞에 툭 떨어져 있는 택배 상자를 발견하고 씨익 웃지요.

그렇게 받아 든 택배 상자. '받아 든 택배 상자'라 표현했지만, 그 안에 물건만 꺼내면, 택배 상자는 바로 애물단지가 됩니다.

윤여림 글, 이명하 그림, 천개의바람

연필꽂이에 꽂아둔 택배 상자 개봉용 칼을 찾습니다. 상자 안에 든 물건이 다치지 않게 조심스레 테이프 한가운데를 긋습니다. 상자를 잘 열 수 있게 테이프를 떼어냅니다. 안에 든 물건들을 꺼내고 웃습니다. 그러고 나면 입체였던 상자를 납작하게 만들고 한쪽 구석 재활용 종이를 모아두는 곳에 쌓아둡니다. 그래도 다행이지 뭐예요. 택배 상자는 재활용되는 거니까요.

그러던 어느 날 그렇게 쌓인 택배 상자들이 소리칩니다.

"배고파!"

그리고 세상을 먹어치우기 시작합니다. 그림책『상자 세상』

299

(윤여림 글, 이명하 그림, 천개의바람)에 나오는 택배 상자들은 배가 부르고 심심해지자 자신들이 뭘 담았던 상자였나 '기억 놀이'를 합니다. 서로 자기가 담았던 요상한 물건들 이야기를 하던 상자들은 점점 더 깊은 기억으로 빠져듭니다. 깜박 잠들었던 상자 하나가 이렇게 말합니다.

"나 꿈에서 나무였다."

상자들도 다 같이 외치지요.

"나도!"

책을 덮고 다시 재활용품 모아두는 곳으로 가서 요 며칠 배달된 택배 상자를 봅니다. 아, 사실 택배 상자가 배달되어 온 건 아니네요. 저건 감색 바지가 들어 있던 상자, 저건 안경 코받침이 들어 있던 상자, 저건 선물 주려고 샀던 머그잔이 담겨 있던 상자. 모두 뭔가 담겨 있을 때만 쓸모 있던 상자들입니다. 사실은 그것들이 '나무'였다는 말을 떠올립니다. 몰랐던 사실도 아닌데 잊고 살았던 것 같습니다. 상자들이 달리 보이기 시작합니다.
'그래도 플라스틱 포장재보다 훨씬 낫지 않나?'
위안을 삼아봅니다.
'재활용은 된다니까 괜찮은 거지 뭐.'

고개를 끄덕여봅니다.

'언택트 시대가 되면서 할 수 없이 택배주문이 늘어난 건데 뭐. 택배로 뭐 사는 건 줄어들 거야.'

할 수 없다 생각해봅니다.

하지만 마음 한편에 불편한 마음이 사라지지 않습니다. 내가 택배를 시키는 만큼 택배 상자가 더 필요해질 테고 그럼 결국 나무를 더 많이 베어낼 수밖에 없다는 사실을 깨달아버렸으니까요.

생각이 여기에 미치니 정말 내가 어쩔 수 없이 택배로 물건을 배달시키고 있는 것일까 되짚어보았습니다. 나의 소비 방식이 생각보다 훨씬 복잡한 문제일 수 있겠더라고요. SNS를 켜면 바로 보이는 광고들. 어쩌면 그렇게 내가 딱 원했던 것들이 눈에 보입니다. 가방 하나가 필요하다 생각만 했는데 가방이 보이고, 겨울 슬리퍼 하나 살까 생각했는데 겨울 슬리퍼가 보이고, 화장실에 놓으면 딱 좋을 비누받침도 보입니다. 그때는 정말 필요하다고 생각해서 산 것들이었습니다.

'꼭 사야만 했을까?'

'나는 사야 하는 것과 사고 싶은 것을 어떻게 구분하고 있나?'

'나는 왜 사고 있나?'

생각이 많아졌습니다.

프랑스의 철학자 장 보드리야르Jean Baudrillard는 그의 책 『소비의 사회』(이상률 옮김, 문예출판사)에서 '인간은 본능 지향적이면서 사회문화적 욕구를 가지는데 이러한 욕구는 필요에 의한 소비가 아니라, 전체적인 의미를 소비하게 한다'라고 말하고 있습니다.

그 상품을 소유하는 것으로 자신을 타인과 구별 지어 사회적 차이를 만드는 과정으로 삼는다는 것이지요. 결국 우리는 상품이 아니라 기호를 소비한다는 말입니다. 인간은 필요에 의해서 물건을 소비하는 것이 아니라 자신의 욕구를 충족시키기 위한 '욕구 소비'를 하고 있는 셈이지요.

이건 싸니까 사야 하고, 이건 지금 아니면 못 사니까 사야 하고, 이건 친환경적이니 사야 하고, 이건 중고니까 사도 된다는 끝없는 이유를 대면서 사고 사고 또 사고 있는 것이지요.

이런 인간의 욕구 소비 방식이 직접 마트나 시장, 상점에서 인터넷 세상으로 옮겨지면서 더 쉽게 많이 사게 되고 그렇게 소비된 물건을 배달하기 위해 더 많은 택배 상자를 만들게 되는 것이고요.

택배 상자는 나무였습니다. 자연 그 자체였던 것이지요. 그랬던 나무는 인간의 손에 의해 잘리고, 종이로 가공된 뒤, 욕구 소비를 위한 도구로 사용되고 있는 것이고요. 나무와 택배 상자. 이 세상에 과연 어떤 것이 더 필요한 존재일까요?

SNS을 켜면 나의 욕구에 딱 맞는 것들을 사라고 손짓하는 광고들이 보입니다. 나도 모르게 누르고 들어가 살까 말까 생각하는 중이라면, 이건 어떨까요?

택배 상자 이전의 나무.

내가 산 물건을 담은 나무 이후의 택배 상자.

그 어떤 것이 더 필요한가 한 번 더 생각해보면 좋겠습니다. 자칫 택배 상자가 될 뻔했던 나무 한 그루를 덜 소비하게 될지 모를 일이니까요.

1

도서관을
좋아하세요?

○ 공공도서관이 어떤 역할을 하면 좋을까요? 내가 원하는
공공도서관은 어떤 모습이면 좋을지 생각해봐요.

_____

_____

_____

_____

○ 누구나 드나들 수 있는 공공도서관이 되기 위해 무엇이 달라져야 할까요?

_____

_____

_____

_____

○ 공공도서관 이용률이 점점 떨어진다고 하는데, 어떻게 하면 더 많은 사람들이 도서관을 이용하게 될까요?

_____

_____

_____

_____

② 아이를 키우는 도서관

~~~~~~~~~~~~~

○ 아이들이 행복하게 자라려면 어른들은 어떻게 달라져야 할까요?

_____

_____

_____

_____

○ 질문을 잘하는 아이로 키우려면 어떤 방법이 필요할까요?

_____

_____

_____

_____

○ 어린이를 위한 도서관이 되려면 어떻게 달라져야 할까요?

_____

_____

_____

_____

③

그림책이 나에게
던지는 질문

〰〰〰〰〰

○ 나는 나를 사랑하나요? 나의 어떤 점을 사랑하고 어떤 점
  을 사랑하지 않나요? 있는 그대로의 나를 사랑하기 위해
  나는 어떻게 해야 할까요?

_____

_____

_____

○ 꼭 관계를 맺고 살아야 할까요? 관계 맺기가 쉽지 않은 사람들은 어떻게 살아가면 좋을까요?

_____

_____

_____

_____

○ 다른 사람과 다른 내 모습은 어떤 모습일까요? 남과 다른 내 모습을 인정받기 위해 어떻게 해야 할까요? 내 모습과 다른 남의 모습을 인정하기 위해 나는 어떻게 해야 할까요?

_____

_____

_____

이웃에게 건네는
따뜻한 시선

○ 다른 사람과 함께 살아가는 데 가장 필요한 것은 무엇일까요?

_____

_____

_____

_____

○ 나도 모르는 사이, 차별적인 말을 하거나 태도를 보일 때
　는 없나요? 내가 들었던 차별적인 말, 내가 했던 차별적인
　말을 생각해봐요.

_____

_____

_____

○ 사람들이 어떤 마음으로 살면 세상이 좀 더 따뜻해질까
　요? 그러기 위해서 어떤 실천이 필요할까요?

_____

_____

_____

_____

⑤
그림책, 세상에
질문을 던지다
〰〰〰〰〰〰

○ 다른 사람이 가지 않은 길을 가보고 싶진 않나요? 어떤 길일

까요? 왜 그 길을 가보고 싶을까요?

_____

_____

_____

_____

○ 기후위기는 인간위기입니다. 더 이상 지구를 괴롭히지 않는
  방식으로 살기 위해 무엇을 해야 할까요?

_____

_____

_____

_____

○ 그림책은 누구나 볼 수 있는 책이지요. 나와 세상에 대해 고민
  을 해보게 하는 책이기도 하고요. 나에게 질문을 던졌던 그림
  책은 어떤 책이었어요? 어떤 질문을 던지던가요?

_____

_____

_____

이 책에 실린 그림책 47

*도서관에서 대출하거나 서점에서 검색하기 좋게 책 제목을 가나다순으로 배열했습니다.
뒤의 숫자는 이 책 본문의 쪽수를 뜻합니다.

그림책은 힘이 세다

도서관에서 발견한 47가지 그림책 질문

초판 1쇄 펴낸날 2023년 12월 25일
초판 3쇄 펴낸날 2024년 3월 5일

지은이 박미숙
펴낸이 서상미
펴낸곳 책이라는신화

기획이사 배경진 권해진
책임편집 이지은 유혜림
표지 디자인 정인호 **본문 디자인** 김지희
홍보 문수정 오수란 이무열
마케팅 김준영 황찬영
독자 관리 이연희 **콘텐츠 관리** 김정일

독자위원장 민순현
청소년 독자위원 고선재 김영우 김학수 송윤서 우수정 우지훈 유지형 이동건 이정인
이은서 이희영 임송이 정지우 정태훈 한가을 한가인
학부모 독자위원 김혜선 남궁혜윤 노은하 백지현 오수란 우상희 이재훈 이혜진 전수정
정성연 정은미 차길예

출판등록 2021년 12월 22일(제2021-000188호)
주소 경기도 파주시 문발로 119, 304호(문발동)
전화 031-955-2024 **팩스** 031-955-2025
블로그 blog.naver.com/chaegira_22
포스트 post.naver.com/chaegira_22
인스타그램 @chaegira_22
유튜브 책이라는신화 채널
전자우편 chaegira_22@naver.com

ⓒ 박미숙, 2023
ISBN 979-11-982687-8-5 03800